Sandra Cisneros

La casa en Mango Street

Sandra Cisneros es una poeta, cuentista, novelista y ensayista cuyo trabajo explora las vidas de la clase obrera. Sus numerosos premios incluyen becas NEA tanto en poesía como en ficción, la Medalla de las Artes de Texas, la beca MacArthur, varios doctorados honorarios y premios nacionales e internacionales como el Fifth Star Award de Chicago, el PEN Center USA Literary Award y la Medalla Nacional de las Artes que el presidente Obama le otorgó en 2016. También obtuvo la beca Art of Change de la Fundación Ford y fue reconocida entre la lista The Frederick Douglass 200. En 2019, recibió el premio de literatura internacional PEN/Nabokov. Su obra clásica, *La casa en Mango Street,* ha vendido más de siete millones de ejemplares, ha sido traducida a más de veinte idiomas y es lectura obligatoria en escuelas primarias, secundarias y universidades en Estados Unidos. Además de su obra literaria, Cisneros ha fomentado las carreras de muchos escritores aspirantes y emergentes a través de sus dos organizaciones sin fines de lucro: la Fundación Macondo y la Fundación Alfredo Cisneros del Moral. También es la organizadora de Los MacArturos, el grupo de becarios latinos de la beca MacArthur que son activistas en sus comunidades. Sus trabajos literarios se conservan en las colecciones Wittliff de la Universidad Estatal de Texas, en San Marcos. Sandra Cisneros es ciudadana estadounidense y mexicana, y vive de su trabajo como escritora. Actualmente vive en San Miguel de Allende, México.

Fernanda Melchor

Fernanda Melchor nació en 1982 en Veracruz, México. Es ampliamente reconocida como una de las nuevas voces más importantes de la literatura mexicana y de América Latina. En 2013 publicó el volumen de crónicas *Aquí no es Miami* y *Falsa liebre,* su primera novela. En 2017 publicó *Temporada de huracanes,* que le valió, un año más tarde, el Premio PEN México a la Excelencia Literaria y Periodística. La novela fue traducida al alemán y al inglés, y en 2019 ganó el Premio Anna Seghers y el Premio Internacional de Literatura. En 2020 fue nominada al International Booker Prize y al National Book Award por literatura en traducción. Vive y trabaja en Puebla, México.

La casa en Mango Street

La casa en Mango Street

Una novela

Sandra Cisneros

Traducción de Fernanda Melchor
Traducción de la introducción de Liliana Valenzuela

VINTAGE ESPAÑOL

Título original: *The House on Mango Street*
Primera edición: febrero de 2022

Fotografía de la autora: © Diana Solís
Ilustración de cubierta: Edel Rodríguez

Impreso en Colombia / *Printed in Colombia*

Información de catalogación de publicaciones disponible en la Biblioteca del Congreso de los Estados Unidos.

ISBN: 978-1-64473-428-5

23 24 25 26 27   10 9 8 7 6 5

A las mujeres
To the women

Agradecimientos

La palabra "orfebrería" apareció en mi vida cuando trabajábamos en traer la traducción de este libro a su esplendor final, y me parece que resume de manera precisa el proceso. Ante todo, debo agradecer a la artesana magistral de este trabajo, Fernanda Melchor, por poner su talento al servicio de un desafío como este y dar nueva vida a un libro con tantas traducciones. También quiero expresar mi gratitud a nuestro editor, Cristóbal Pera, por su maestría en el trabajo de filigrana que requería una mano con temple. También quiero agradecer a Ernesto Hilario Espinoza y a Eunice Chávez por ayudarme a capturar la palabra elusiva en español.

Quiero también reconocer las contribuciones de la cineasta Lourdes Portillo y de la escritora Macarena Hernández por sus valiosos consejos. Este libro tiene una deuda de gratitud con Elena Poniatowska, quien generosamente abrió el camino con su primera traducción. Finalmente, gracias a mi agente literaria, Susan Bergholz, y a nuestra coagente Mercedes Casanovas, sin quienes este libro no existiría en esta nueva encarnación.

Una casa propia

La jovencita que aparece en esta fotografía soy yo mientras estaba escribiendo *La casa en Mango Street*. Ella está en su estudio, un cuarto que probablemente había sido el cuarto de algún niño de cuando hubo familias viviendo en este apartamento. No tiene puerta y es apenas un poco más ancho que la alacena. Pero tiene una luz maravillosa y se encuentra encima de la entrada del primer piso, así que ella puede oír cuando entran y salen los vecinos. Está posando como si justo hubiera levantado la vista de su trabajo por un instante, pero en la vida real nunca escribe en este estudio. Escribe en la cocina, el único cuarto con calentador.

Es el Chicago de 1980, en el barrio de Bucktown todavía bastante amolado antes de ser descubierto por gente de dinero. La jovencita vive en el número 1814 de la calle North Paulina, exterior, segundo piso. Nelson Algren vagó alguna vez por estas calles. Los dominios de Saul Bellow se extendían por Division Street, a un paso de aquí. Es un barrio que apesta a cerveza y meados, a salchicha y frijoles.

La jovencita llena su "estudio" de cosas que acarrea de Maxwell, el mercado de las pulgas. Antiguas máquinas de escribir, bloques de madera, helechos, libreros, figuritas de cerámica japonesas, canastas, jaulas, fotos pintadas a mano. Cosas que le agrada contemplar. Es importante tener este espacio donde poder mirar y pensar. Cuando ella vivía en la casa de sus padres, las cosas que miraba la regañaban y la hacían sentirse triste y deprimida. Le decían: "Lávame". Le decían: "Floja". Le decían: "Deberías". Pero las cosas de su estudio son mágicas y la incitan al juego. La llenan de luz. Es el cuarto donde puede estar en paz y en silencio y escuchar las voces que lleva dentro. Le gusta estar a solas durante el día.

De niña, soñaba con tener una casa silenciosa, para ella sola, de la misma manera que otras mujeres sueñan con el día de su boda. En lugar de coleccionar encaje y ropa de cama para el ajuar de novia, la jovencita compra cosas viejas en las tiendas de segunda mano que quedan sobre la asquerosa Milwaukee Avenue para su futura casa: colchas desteñidas, floreros rajados, platillos desportilla-dos, lámparas que claman atención y cuidados.

La jovencita regresó a Chicago después de terminar la maestría y se mudó de nuevo a la casa paterna, al número 1754 de la calle North Keeler, de vuelta a su cuarto de niña con su camita individual y su papel tapiz de flores. Tenía veintitrés años y medio. Se armó de valor y le dijo a su padre que quería vivir sola otra vez, como lo había hecho cuando se fue a estudiar fuera. Él la miró con esos ojos de gallo antes de atacar, pero ella no se asustó. Ya conocía esa mirada y sabía que él era inofensivo. Ella era su consentida, así que solo era cuestión de esperar.

La hija alegaba que le habían enseñado que un escritor requiere quietud, privacidad y largos períodos de soledad para pensar. El padre decidió que tantos años de universidad y tantos amigos gringos la habían echado a perder. De alguna manera él tenía la razón. De alguna manera ella tenía la razón. Cuando piensa en el idioma de su padre, sabe que los hijos y las hijas no abandonan la casa paterna hasta que se casan. Cuando piensa en inglés, sabe que debió haber vivido por su cuenta desde los dieciocho.

Por un tiempo, el padre y la hija llegan a una tregua. Ella accede a mudarse al sótano de un edificio donde vivían el mayor de sus seis hermanos y su esposa, en el número 4832 de la calle West Homer. Pero después de varios meses, cuando el hermano mayor que vivía arriba resultó ser un *Big Brother*, ella se subió a su bicicleta y anduvo por el barrio de su época de secundaria hasta que descubrió un apartamento con las paredes recién pintadas y cinta de enmascarar en las ventanas. Luego, tocó en la tienda de abajo. Así convenció al dueño de que iba a ser la nueva inquilina.

Su padre no puede comprender por qué ella quiere vivir en un edificio de cien años con ventanales por los que se cuela el frío. Ella sabe que su apartamento está limpio, pero que el pasillo está rayado y da miedo, aunque ella y la mujer del piso de arriba se turnan para trapearlo con regularidad. El pasillo necesita una mano de pintura, pero eso no es algo que ellas puedan remediar. Cuando el padre viene de visita, sube las escaleras refunfuñando con disgusto. Adentro, él mira los libros de ella organizados en huacales, el futón en el piso de una recámara sin puerta y susurra: *"Hippie"*, de la misma manera en que mira a los vagos del barrio y dice: "Drogas". Cuando ve el calentador en la cocina, sacude la cabeza y suspira: "¿Para qué trabajé tan duro para comprar una casa con calefacción, para que ella viva de esta manera?".

Cuando está a solas, saborea su apartamento de techos altos y ventanas por las que se cuela el cielo, la alfombra nueva y las paredes blancas como una cuartilla, la alacena con sus repisas vacías, el cuarto sin puerta, el estudio con su máquina de escribir y los ventanales de la sala con vista a la calle, a los techos, a los árboles y al tráfico vertiginoso de la Kennedy Expressway.

Entre su edificio y la pared de ladrillo de junto hay un jardín bien cuidado, a un nivel más bajo. Los únicos que entran al jardín son una familia que habla como guitarras, una familia de acento sureño. Al atardecer se aparecen con un mono en una jaula y se sientan en una banca verde y conversan y ríen. Ella los espía detrás de las cortinas de su cuarto y se pregunta dónde habrán conseguido el mono.

Su padre la llama cada semana para decirle: "Mija, ¿cuándo regresas a casa?". ¿Qué dice su madre al respecto? Se lleva las manos a la cintura y dice orgullosa: "Salió a mí". Cuando el padre está en el cuarto, la madre se encoje de hombros y dice: "¿Qué quieres que haga?". La madre no pone objeciones. Sabe lo que significa vivir una vida llena de arrepentimientos y no le desea esa vida a su hija. Ella siempre apoyó los proyectos de su hija, siempre y cuando asistiera a la escuela. Aquella madre que pintaba las paredes de sus casas de Chicago de los colores de las flores; la que sembraba tomates y rosas en el jardín; cantaba arias; practicaba solos en la batería de su hijo; se ponía a bailar con los de *Soul Train*; pegaba carteles de viaje en su cocina con miel Karo; llevaba a sus hijos semanalmente a la biblioteca, a conciertos públicos, a museos; llevaba una insignia en la solapa que decía "Alimentar al pueblo, no al Pentágono"; la que nunca pasó del noveno grado. *Esa* madre. Ella le da un ligero codazo a su hija y le dice: "*Good lucky* que estudiaste".

El padre quiere que su hija sea una meteoróloga de las que aparecen en televisión o que se case y tenga hijos. Ella no quiere ser la chica del pronóstico del tiempo. Tampoco quiere casarse, ni tener hijos. Todavía no. Quizá después, pero hay tantas otras cosas en la vida que tiene que hacer primero. Viajar. Aprender a bailar tango. Publicar un libro. Vivir en otras ciudades. Ganarse una beca del National Endowment for the Arts. Ver la aurora boreal. Saltar de un pastel.

Ella se queda mirando los techos y las paredes de su apartamento de la misma manera en que alguna vez se quedaba mirando los techos y las paredes de los apartamentos donde se crio, sacándoles forma a las grietas del yeso, inventando historias que acompañaran esas formas. Por las noches, bajo el círculo de luz de una lámpara de estudiante, ella se sienta con papel y pluma y finge no tener miedo. Intenta vivir como una escritora.

De dónde saca esas ideas de vivir como una escritora, no tiene la menor idea. Aún no ha leído a Virginia Woolf. No ha oído hablar de Rosario Castellanos ni de Sor Juana Inés de la Cruz. Gloria Anzaldúa y Cherríe Moraga se están abriendo sus propios caminos por el mundo en algún lugar, pero no ha oído hablar de ellas. No sabe nada. Va improvisando sobre la marcha.

Cuando le tomaron la foto a aquella jovencita, yo todavía decía que era poeta, aunque había escrito cuentos desde la primaria. La ficción me cautivó de nuevo cuando tomé un taller de poesía en la Universidad de Iowa. La poesía, según me enseñaron en Iowa, era un castillo de naipes, una torre de ideas, pero yo no puedo comunicar una idea a menos que sea a través de una historia.

La mujer que soy en la fotografía estaba escribiendo una serie de estampas, poco a poco, junto con su poesía. Yo ya tenía un título: *La casa en Mango Street*. Había escrito cincuenta páginas, pero todavía no pensaba en ello como una novela. Solo era un frasco de botones, como las fundas bordadas y las servilletas con monograma que no hacían juego que conseguía en el Goodwill. Escribía estas cosas y pensaba en ellas como "cuentitos", aunque tenía la sensación de que estaban interconectados. Aún no había oído hablar de los ciclos de cuentos. No había leído *Canek* de Ermilo Abreu Gómez, ni *Lilus Kikus* de Elena Poniatowska, ni *Maud Martha* de Gwendolyn Brooks, ni *Las manos de mamá* de Nellie Campobello. Eso vendría después, cuando tuviera más tiempo y soledad para leer.

La mujer que una vez fui escribió las primeras tres historias de *La casa* durante un fin de semana en Iowa. Pero debido a que no estaba matriculada en el taller de ficción, no valdrían como parte de mi tesis de maestría en bellas artes o *MFA*. No discutí; mi asesor de tesis me recordaba demasiado a mi padre. Escribía estos cuentitos aparte como un consuelo cuando no me encontraba escribiendo poesía para obtener los créditos necesarios. Los compartía con compañeros como la poeta Joy Harjo, quien tampoco se sentía a gusto en los talleres de poesía, y con el narrador Dennis Mathis, originario de un pueblito de Illinois, pero cuya biblioteca de libros de tapa blanda provenía de todo el mundo.

Los mini cuentos estaban de moda en círculos literarios durante esa época, en los años setenta. Dennis me contó acerca del japonés Kawabata, ganador del premio Nóbel, que escribía cuentos mínimos que cabían "en la palma de la mano". Freíamos tortillas de huevos para cenar y leíamos cuentos de García Márquez y Heinrich Böll en voz alta. Ambos preferíamos a los escritores experimentales —todos ellos varones, con excepción de Grace Paley— rebeldes como nosotros mismos. Dennis se convertiría de por vida en mi revisor, mi aliado y en esa voz al otro lado del teléfono cuando alguno de los dos se desanimaba.

La jovencita de la foto basa el libro en el que está trabajando en *El hacedor* de Jorge Luis Borges, un escritor a quien ha leído desde la secundaria, fragmentos de cuentos que hacen eco a Hans Christian Andersen o a Ovidio o a secciones de la enciclopedia. Ella desea escribir cuentos que ignoren las fronteras entre los géneros, entre lo escrito y lo hablado, entre la literatura para intelectuales y las canciones infantiles, entre Nueva York y el pueblo imaginario de Macondo, entre los Estados Unidos y México. Es cierto, ella quiere que los escritores a quienes ella admira respeten su obra, pero también quiere que la gente que por lo general no lee libros también disfrute de estos cuentos. *No* quiere escribir un libro que el lector no entienda y que lo haga sentir avergonzado por no entender.

Ella cree que los cuentos tienen que ver con la belleza. Con la belleza que cualquiera pueda admirar, como un rebaño de nubes pastando en lo alto. Ella piensa que la gente que está ocupada trabajando merece cuentitos hermosos, porque no disponen de mucho tiempo y a menudo se sienten cansados. Ella se imagina un libro que pueda abrirse en cualquier página y aún mantenga el sentido para un lector que no sepa qué sucedió antes o qué viene después.

Ella experimenta, creando un texto que sea tan sucinto y flexible como la poesía, partiendo las oraciones para formar fragmentos de manera que el lector haga una pausa, haciendo que cada oración sirva el propósito de *ella* y no al revés, abandonando las comillas para estilizar la tipografía y hacer que la página sea tan sencilla y legible como sea posible. Para que las oraciones sean tan maleables como ramas y puedan ser leídas de varias maneras.

A veces la mujer que una vez fui sale los fines de semana a encontrarse con otros escritores. A veces invito a esos amigos a mi apartamento a "tallerear" nuestros escritos. Provenimos de comunidades negras, blancas y latinas. Somos hombres y somos mujeres. Lo que nos une es nuestra creencia de que el arte debe ayudar a nuestras comunidades. Juntos publicamos una antología: *Emergency Tacos* (Tacos urgentes) porque terminamos nuestras colaboraciones de madrugada y nos reunimos en la misma taquería abierta las veinticuatro horas en Belmont Avenue, como una versión multicultural de la pintura *Nighthawks* (Halcones nocturnos) de Edward Hopper. Los escritores de *Emergency Tacos* organizamos eventos culturales mensuales en el apartamento de mi hermano Keeks: Galería Quique. Lo hacemos sin otro capital que nuestro valioso tiempo. Lo hacemos porque el mundo en que vivimos es una casa en llamas y nuestros seres queridos se están quemando.

La jovencita de la fotografía se levanta temprano para ir al trabajo que paga la renta de su apartamento en Paulina Street. Da clases en una escuela de Pilsen, el antiguo barrio de su madre en la zona sur de Chicago, un barrio mexicano donde la renta es barata y demasiadas familias viven hacinadas. Los dueños de las viviendas y el municipio no se responsabilizan de las ratas, de la basura que no se recolecta con suficiente frecuencia, de los porches que se derrumban, de los apartamentos que carecen de escaleras de incendios, hasta que sucede una desgracia y mueren varias personas. Entonces se realizan investigaciones por un breve lapso de tiempo, pero los problemas persisten hasta la siguiente muerte, la siguiente investigación, la siguiente tanda de olvidos.

La jovencita trabaja con estudiantes que han abandonado sus estudios de secundaria, pero que han decidido volver para tratar de obtener su diploma. De sus alumnos se entera de que ellos llevan una vida más difícil de lo que su imaginación de escritora pueda inventar. La vida de ella ha sido cómoda y privilegiada comparada con la de ellos. Ella nunca tuvo que preocuparse por tener que darle de comer a sus bebés antes de ir a clase. Ella nunca tuvo un padre o un novio que la golpeara por las noches y la dejara amoratada por las mañanas. Ella nunca tuvo que planear una ruta alterna para no tener que enfrentarse con pandillas en un pasillo de la escuela. Sus padres nunca le rogaron que dejara sus estudios para que pudiera ayudarlos ganando dinero.

¿De qué sirve el arte en este mundo? Eso nunca se cuestionó en Iowa. ¿Debería ella estar enseñando a estos estudiantes a escribir poesía cuando lo que necesitan es aprender cómo defenderse de quien los ataca? ¿Acaso las memorias de Malcolm X o una novela de García Márquez pueden salvarlos de los golpes diarios? ¿Y qué pasa con aquellos que tienen tales dificultades de aprendizaje que no pueden ni con un libro de Dr. Seuss y sin embargo son capaces de hilar una historia oral tan maravillosa que la hace desear tomar notas? ¿Debería ella abandonar la escritura y estudiar algo útil como la medicina? ¿Cómo puede enseñarles a sus estudiantes a tomar el control de su propio destino? Ella adora a sus estudiantes. ¿Qué podría hacer para ayudar a salvarles la vida?

El empleo que la jovencita tiene como maestra la conduce a otro y ahora se encuentra como consejera y reclutadora en su *alma mater*, Loyola University en la zona norte, en Rogers Park. Tengo seguro médico. Ya no me traigo el trabajo a casa. Mi día laboral acaba a las cinco de la tarde. Ahora tengo las noches libres para dedicarme a mi propio trabajo. Me siento como una escritora de verdad.

En la universidad, trabajo para un programa que ya no existe, el Programa de Oportunidades Educativas, que ayuda a los estudiantes "desaventajados". Va de acuerdo con mis principios y todavía puedo ayudar a los estudiantes de mi empleo anterior. Pero cuando a mi alumna más brillante la admiten, se inscribe y luego abandona los estudios el primer semestre, me desplomo de la tristeza y del agotamiento que siento sobre mi escritorio, y a mí también me dan ganas de abandonarlo todo.

Escribo acerca de mis estudiantes porque no sé qué más hacer con sus historias. Escribirlas me ayuda a conciliar el sueño.

Los fines de semana, si acaso puedo eludir la culpa y rehuir las exigencias de mi padre de que los acompañe a cenar el domingo en su casa, soy libre de quedarme en mi casa y escribir. Me siento como una hija ingrata ignorando a mi padre, pero me siento peor si no escribo. De cualquier forma, nunca me siento completamente feliz.

Un sábado, la mujer sentada escribiendo a máquina acepta una invitación a una velada literaria, pero al llegar, se da cuenta de que ha cometido un grave error. Todos los escritores son señores de edad. La invitó Leon Forrest, un novelista negro que por amabilidad quería invitar a más mujeres, a más personas de color, pero hasta ahora, ella es la única mujer, y él y ella son los únicos de piel morena.

Ella está allí porque es la autora de un nuevo libro de poesía: *Bad Boys* (Niños malcriados) editado por Mango Press, fruto de los esfuerzos literarios de Gary Soto y Lorna Dee Cervantes. Su libro tiene cuatro páginas y fue encuadernado en la mesa de una cocina con una engrapadora y una cuchara. Muchos de los demás invitados, pronto se da cuenta, han escrito libros *de verdad*, libros de tapa dura de las grandes editoriales neoyorquinas, con ediciones de cientos de miles en imprentas genuinas. ¿Es ella una escritora de verdad o apenas finge serlo?

El invitado de honor es un escritor famoso que asistió al Taller de Escritura de Iowa varios años antes de que ella estudiara ahí. Acaba de vender su último libro a Hollywood. Habla y se comporta como si fuera el Emperador de Todo.

Al final de la velada, ella se encuentra buscando un aventón a casa. Ella llegó en autobús y el Emperador se ofrece a llevarla a casa. Pero no va para su casa, está ilusionada con ir a ver una película que solo van a dar esa noche. Le da miedo ir sola al cine y por eso ha decidido ir. Precisamente porque le da miedo.

El escritor famoso conduce un auto deportivo. Los asientos huelen a cuero y el tablero relumbra como la cabina de un avión. El auto de ella no siempre arranca y tiene un agujero en el suelo cerca del acelerador por donde se cuelan la lluvia y la nieve, de modo que tiene que usar botas cuando maneja. El escritor famoso habla que habla, pero ella no puede escuchar lo que dice, ya que sus propios pensamientos lo ahogan como el viento. Ella no dice nada, no tiene que. Ella es simplemente lo suficientemente joven y bonita como para alimentar el ego del escritor famoso al asentir con entusiasmo a todo lo que él dice hasta que la deja enfrente del cine. Ella espera que el escritor famoso se fije en que va a ver *Los caballeros las prefieren rubias* a solas. A decir verdad, se siente incómoda acercándose a la taquilla sola, pero se fuerza a sí misma a comprar el boleto y a entrar porque le encanta esa película.

La sala de cine está repleta. A la jovencita le parece que todo el mundo viene acompañado, menos ella. Finalmente, la escena donde Marilyn canta "Los mejores amigos de las mujeres son los diamantes". Los colores son tan maravillosos como en una caricatura, el escenario deliciosamente frívolo, la letra ingeniosa, todo ese número es puro glamour a la antigua. Marilyn es sensacional. Cuando termina su canción, el público se pone a aplaudir como si fuera una presentación en vivo, aunque la desdichada Marilyn lleva años muerta.

La mujer que soy yo vuelve a casa orgullosa de haber ido sola al cine. *¿Ves? No fue tan difícil.* Pero cuando le pone seguro a la puerta de su apartamento, se echa a llorar. "No tengo diamantes", solloza, sin saber qué quiere decir con eso, excepto que aún entonces sabe que esto no tiene nada que ver con diamantes. Cada pocas semanas atraviesa por una fase desgarradora de llanto que la deja sintiéndose mal y llena de zozobra. Esto sucede con tanta frecuencia que ella cree que estas tormentas depresivas son algo tan normal como la lluvia.

¿Qué le da miedo a la mujer de la fotografía? Le da miedo caminar de su auto estacionado a su apartamento en la oscuridad. Le da miedo el ruido de algo que corretea y da arañazos por entre las paredes. Le da miedo enamorarse de alguien y quedarse atrapada viviendo en Chicago. Le dan miedo los fantasmas, el agua honda, los roedores, la noche, las cosas que se mueven demasiado aprisa: los autos, los aviones, su propia vida. Le da miedo tener que regresar a la casa paterna si no tiene la valentía de vivir sola.

A lo largo de todo esto, escribo cuentos que van con ese título, *La casa en Mango Street.* A veces escribo sobre personas que recuerdo, a veces escribo sobre gente que acabo de conocer, a menudo las entremezclo. A mis estudiantes de Pilsen que se sentaban frente a mí cuando daba las clases, con las muchachas que se sentaban junto a mí en otro salón de clases una década antes. Recojo partes de Bucktown, como el jardín vecino con el mono y lo dejo caer con un *plaf* en la cuadra de Humboldt Park donde viví durante la secundaria y la preparatoria: el número 1525 de la calle North Campbell.

Con frecuencia lo único que tengo es un título sin cuento —"La familia de los pies pequeños"— y tengo que hacer que el título me dé un puntapié en el trasero para echarme a andar. O a veces lo único que tengo es la primera oración: "Nunca acabas de llenarte de cielo". Una de mis alumnas de Pilsen dijo que yo había dicho eso y que ella nunca lo olvidó. Muy bueno que se acordara y me lo volviera a citar. "Vinieron con el viento que sopla en agosto…". Esa frase me llegó en un sueño. A veces las mejores ideas te llegan entre sueños. ¡A veces las peores ideas también llegan de allí!

Ya sea que la idea haya venido de una oración que escuché zumbando por ahí y que guardé en un frasco o de un título que recogí y me metí en el bolsillo, los cuentos siempre insisten en decirme dónde quieren terminar. A veces me sorprenden al detenerse cuando yo tenía todas las intenciones de galopar un poco más lejos. Son tercos. Ellos saben mejor que nadie cuando no hay más que decir. La última oración debe resonar como las notas al final de una canción de mariachi —tan-tán— para avisarte que la canción ha terminado.

La gente sobre la que escribí era real, en su mayoría, de aquí y de allá, de ahora y de entonces, pero a veces trenzaba a tres personas de verdad en una persona inventada. Por lo general, cuando creía que estaba inventando a alguien a partir de mi imaginación, resultaba ser que había recordado a alguien a quien había olvidado o a alguien que estaba tan cerca de mí que no podía verla en lo absoluto.

Destaqué e hilvané sucesos según las necesidades de la historia, le di forma para que tuviera un principio, una parte de en medio y un final, porque en la vida real los cuentos rara vez nos llegan completos. Las emociones, no obstante, no pueden inventarse ni pedirse prestadas. Todas las emociones que sienten mis personajes, buenas o malas, me pertenecen.

Conozco a Norma Alarcón. Ella se convertirá en una de mis primeras editoras y en una amiga para toda la vida. La primera vez que camina por el apartamento de North Paulina, advierte los cuartos silenciosos, la colección de máquinas de escribir, los libros y las figuritas japonesas, las ventanas con vista a la autopista y al cielo. Camina como de puntitas, asomándose a cada cuarto, incluso a la alacena y al clóset como si buscara algo.

—¿Vives aquí…, —pregunta— sola?

—Sí.

—Así que… —hace una pausa—. ¿Cómo lo lograste?

Norma, lo logré haciendo las cosas que temía hacer para dejar de tenerles miedo. Mudarme a otra ciudad para hacer un posgrado. Viajar sola al extranjero. Ganar mi propio dinero y vivir sola. Posar como autora cuando sentía miedo, así como posé en aquella foto que usaste para la primera portada de *Third Woman* (Tercera mujer).

Y finalmente, cuando estuve lista, después de haber realizado mi aprendizaje con escritores profesionales durante varios años, asociándome con la agente idónea. Mi padre, quien suspiraba y anhelaba que me casara, al final de su vida estuvo mucho más complacido de que tuviera a mi agente Susan Bergholz velando por mí, en lugar de un marido. *¿Ha llamado Susan?* Me preguntaba a diario, ya que si Susan llamaba significaba buenas noticias. Quizá a muchas mujeres les baste con diamantes, pero para una escritora su agente es el mejor de los amigos.

No confiaba en mi propia voz, Norma. La gente veía en mí a una niña pequeña y escuchaba la voz de una niña pequeña cuando yo hablaba. Debido a que no estaba segura de mi propia voz adulta y a menudo me censuraba a mí misma, inventé otra voz, la de Esperanza, para que ella fuera mi voz y preguntara las cosas para las cuales yo misma necesitaba respuesta. "¿Hacia dónde?". Yo no lo sabía con exactitud, pero sabía qué rutas no quería tomar —Sally, Rafaela, Ruthie— mujeres cuyas vidas eran unas cruces blancas junto a la carretera.

En Iowa nunca hablamos de ayudar a los demás a través de nuestra escritura. Tenía más que ver con ayudarnos a nosotros mismos. Pero no había otros ejemplos a seguir, hasta que me diste a conocer a las escritoras mexicanas Sor Juana Inés de la Cruz, Elena Poniatowska, Elena Garro, Rosario Castellanos. La jovencita de la fotografía buscaba alternativas, "otro modo de ser", como decía Rosario Castellanos.

Hasta que nos reuniste a todas como escritoras latinas —Cherríe Moraga, Gloria Anzaldúa, Marjorie Agosín, Carla Trujillo, Diana Solís, Sandra María Esteves, Diane Gómez, Salima Rivera, Margarita López, Beatriz Badikian, Carmen Abrego, Denise Chávez, Helena Viramontes— hasta entonces, Normita, no teníamos idea de que lo que hacíamos era algo extraordinario.

Ya no vivo en Chicago, pero Chicago aún vive en mí. Todavía hay historias de Chicago que quiero escribir. Mientras que estas historias repiqueteen en mi interior, Chicago seguirá siendo mi hogar.

Finalmente tomé un empleo en San Antonio. Me fui. Regresé. Me volví a ir. Seguía regresando atraída por la renta barata. La vivienda asequible es vital para un artista. Con el tiempo, pude incluso comprar mi primera casa, una casa de cien años de antigüedad que una vez fuera de color violeta claro, pero que ahora está pintada de rosa mexicano.

Hace dos años mandé a construir mi estudio en el jardín de atrás, un edificio creado a partir de mis recuerdos de México. Escribo la presente en ese mismo estudio, color cempasúchil por fuera, azul lavanda por dentro. Unas campanillas de viento resuenan desde la terraza. Los trenes gimen todo el tiempo a la distancia, el nuestro es un barrio de trenes. El mismo río San Antonio que los turistas conocen del Riverwalk pasa por detrás de mi casa hacia las misiones y más allá, hasta que vierte sus aguas en el Golfo de México. Desde mi terraza se puede ver cómo el río se ondula para formar una "S".

Unas garzas blancas flotan por la línea del horizonte como un paisaje pintado en un biombo lacado. El río comparte el paisaje con patos, mapaches, tlacuaches, zorrillos, zopilotes, mariposas, gavilanes, tortugas, víboras, tecolotes, a pesar de que es posible llegar a pie al centro desde aquí. Y dentro de los confines de mi propio jardín, también hay muchas criaturas: perros que ladran, gatos kamikaze, un loro enamorado de mí.

Esta es mi casa.

La gloria.

24 de octubre de 2007. Vienes a visitarme desde Chicago, mamá. No quieres venir. Te hago venir. Ya no te gusta salir de tu casa, te duele la cintura dices, pero insisto. Construí este estudio junto al río tanto para ti como para mí, y quiero que lo veas.

Una vez, hace años, me llamaste por teléfono con cierta urgencia en la voz: "¿Cuándo vas a construir tu estudio? Acabo de ver un programa en el canal cultural sobre Isabel Allende y ella tiene un escritorio ENORME y un estudio GRANDE". Te molestaba que yo estuviera escribiendo de nuevo en la mesa de la cocina como en los viejos tiempos.

Y ahora henos aquí, en la azotea de un edificio color azafrán con vista al río, un espacio solo mío para poder escribir. Subimos al cuarto donde trabajo, encima de la biblioteca, y salimos al balcón que da al río.

Tienes que descansar. Hay unos edificios industriales en la orilla opuesta —graneros y silos abandonados— pero están tan oxidados por la lluvia y desteñidos por el sol que tienen su propio encanto, como esculturas públicas. Cuando recuperas el aliento, continuamos.

Me siento particularmente orgullosa de la escalera de caracol que conduce a la azotea. Siempre he soñado con tener una, como en las casas de México. Incluso la palabra en español para nombrar esta escalera en espiral me encanta. Nuestros pasos resuenan sobre cada escalón de metal, los perros nos siguen tan de cerca que hay que regañarlos.

—Tu estudio es más grande de lo que parece en las fotos que mandaste —dices, contentísima. Me imagino que lo estás comparando con el de Isabel Allende.

—¿Dónde conseguiste las cortinas de la biblioteca? Apuesto a que te costaron mucha plata. Lástima que tus hermanos no tapizaran los sillones para ahorrarte unos centavos. Úuujole, ¡qué bonito! —dices, tu voz se desliza en ascendente por las escalas como las urracas del río.

Extiendo unas colchonetas para hacer yoga y nos sentamos de piernas cruzadas para contemplar la puesta de sol. Bebemos tu vino favorito, el espumoso italiano, para celebrar tu llegada, para celebrar mi estudio.

El cielo absorbe la noche rápido rápido, disolviéndose dentro del color de una ciruela. Me tiendo sobre la espalda y veo las nubes apresurarse a casa. Las estrellas tímidas se asoman una a una. Te recuestas junto a mí y enroscas tu pierna sobre la mía como cuando dormimos juntas en tu casa. Siempre dormimos juntas cuando estoy de visita. Al principio porque no hay otra cama disponible. Pero después, cuando papá muere, solo porque deseas estar junto a mí. Es el único momento en que te permites ser cariñosa.

—¿Qué tal si invitamos a todos a venir acá la próxima Navidad? —te pregunto—. ¿Qué crees?

—Ya veremos —dices, absorta en tus pensamientos.

La luna sube por encima del mezquite del jardín de enfrente, salta por la orilla de la terraza y nos deja atónitas. Es una luna llena, un *nimbus* enorme como en los grabados de Yoshitoshi. De ahora en adelante, no volveré a mirar la luna llena sin pensar en ti, en este momento. Pero ahora esto no lo sé.

Cierras los ojos. Parece como si estuvieras dormida. Debes estar cansada del viaje en avión. —*Good lucky* que estudiaste —dices sin abrir los ojos. Te refieres a mi estudio, a mi vida.

Te digo: —*Good lucky.*

Dedicado a mi madre, Elvira Cordero de Cisneros
11 de julio de 1929—1ero de noviembre de 2007

Casa Xóchitl, San Antonio de Béxar, Texas
26 de mayo de 2008

La casa en Mango Street

La
casa
en
Mango Street

No siempre vivimos en Mango Street. Antes vivimos en el tercer piso de Loomis, y antes de eso vivimos en Keeler. Antes de Keeler fue en Paulina, y antes de eso ya no me acuerdo. Pero lo que más recuerdo es que nos mudábamos mucho. Y parecía que cada vez había uno más de nosotros. Para cuando llegamos a Mango Street éramos seis: Mamá, Papá, Carlos, Kiki, mi hermana Nenny y yo.

La casa de Mango Street es nuestra y no tenemos que pagarle la renta a nadie, ni compartir el jardín con la gente del piso de abajo, ni tener cuidado de hacer mucho ruido, ni tampoco hay ningún casero que golpee el techo con una escoba. Pero aun así no es la que esperábamos.

Tuvimos que salir deprisa del apartamento de Loomis. Las tuberías del agua se rompían y el casero no quería arreglarlas porque la casa era demasiado vieja. Tuvimos que salir corriendo. Teníamos que usar el baño del vecino y acarrear agua en galones de leche vacíos. Fue por eso que Mamá y Papá buscaron una casa, y por eso nos mudamos a la casa de Mango Street, muy lejos, al otro lado de la ciudad.

Siempre nos decían que algún día nos mudaríamos a una casa, una casa de verdad que sería nuestra para siempre, de la que no tuviéramos que irnos cada año. Y que nuestra casa tendría agua corriente y tuberías que funcionaran. Y escaleras interiores de verdad, no solo en el vestíbulo del edificio, sino adentro, como en las casas que salían en la tele. Y tendríamos un sótano y por lo menos tres cuartos de baño, para no tener que avisarles a todos cuando fuéramos a bañarnos. Nuestra casa sería blanca y estaría rodeada de árboles y de un jardín enorme donde el césped crecería sin cerca. Esa era la casa de la que Papá hablaba cuando sostenía un billete de lotería, y era la casa con la que Mamá soñaba en los cuentos que nos contaba antes de dormir.

Pero la casa de Mango Street no se parece nada a lo que nos contaron. Es pequeña y roja, con peldaños angostos al frente y ventanas pequeñitas que parecen contener la respiración. En algunas partes los ladrillos se desmoronan y la puerta principal está tan hinchada que tienes que empujarla muy duro para poder entrar. No tiene jardín delantero, solo cuatro pequeños olmos que la ciudad plantó en la banqueta. En la parte de atrás hay una cochera para el carro que aún no tenemos y un jardincito que parece aún más pequeño entre los dos edificios a los costados. Hay escaleras en nuestra casa, pero son ordinarias, de zaguán, y solo tenemos un baño. Todos tenemos que compartir las habitaciones: Mamá con Papá, Carlos con Kiki, yo con Nenny.

Una vez, cuando vivíamos en Loomis, una monja de mi escuela pasó y me vio jugando enfrente. La lavandería del piso de abajo había sido tapiada con tablas porque acababan de robarla dos días antes, y el dueño había pintado sobre los tablones: SÍ ESTÁ ABIERTO, para no perder clientela.

¿Dónde vives?, me preguntó.

Ahí, le dije, y señalé el tercer piso.

¿Vives *ahí*?

Ahí. Tuve que mirar donde ella señalaba: el tercer piso, la pintura descarapelada, los barrotes de madera que Papá había puesto para que no nos cayéramos. ¿Vives *ahí*? La forma en que lo dijo me hizo sentir poca cosa: Ahí. Vivía *ahí*. Asentí.

En ese momento supe que debía tener una casa. Una casa de verdad. Una que pudiera señalar. Pero esta no lo es. La casa de Mango Street no lo es. Es por mientras, dice Mamá. Es temporal, dice Papá. Pero ya sé cómo son estas cosas.

Pelos

Todos en nuestra familia tienen pelos diferentes. El pelo de mi Papá es como una escoba, todo parado. Y yo, mi pelo es flojo. Nunca obedece a las diademas ni a los broches. El pelo de Carlos es grueso y lacio. No necesita peinárselo. El de Nenny es resbaloso: se te escurre de la mano. Y el de Kiki, el más pequeño, parece pelaje.

Pero el pelo de mi madre, el pelo de mi madre es como rositas en botón, como rueditas de dulce, todo rizado y bonito porque lo lleva recogido en rulos el día entero, y huele rico cuando te abraza, cuando te abraza fuerte y te sientes segura, es el mismo olor del pan antes de ser horneado, es el mismo olor de cuando te hace sitio de su lado de la cama, aún calientito por su piel, y te quedas dormida junto a ella, con la lluvia cayendo afuera y Papá roncando. Los ronquidos, la lluvia y el pelo de Mamá que huele a pan.

Niños y niñas

Los niños y las niñas viven en mundos separados. Los niños en su universo y nosotras en el nuestro. Mis hermanos, por ejemplo. Tienen muchas cosas que decirnos a Nenny y a mí cuando estamos dentro de la casa. Pero afuera nadie debe verlos hablando con niñas. Carlos y Kiki son mejores amigos... pero no nuestros mejores amigos.

Nenny es demasiado pequeña para ser mi amiga. Es solo mi hermana, y no es culpa mía. Una no puede escoger a sus hermanas, solo te tocan, y a veces salen como Nenny.

Ella no puede jugar con los niños Vargas, o se volverá como ellos. Y como nació justo después de mí, es mi responsabilidad.

Un día tendré mi propia mejor amiga. Una a la que pueda contarle todos mis secretos. Una que entienda mis chistes sin que tenga que explicárselos. Hasta entonces, soy un globo rojo, un globo amarrado a un ancla.

Mi nombre

En inglés mi nombre significa esperanza: *hope*. En español significa demasiadas letras. Quiere decir tristeza, quiere decir espera. Es como el número nueve. Un color lodoso. Es como los discos mexicanos que mi padre pone los domingos en la mañana cuando se afeita, canciones que son como sollozos.

Era el nombre de mi bisabuela y ahora es mío. Ella también era una mujer caballo, nacida igual que yo en el año chino del caballo —lo cual es de mala suerte si tienes la triste suerte de nacer mujer—, pero yo creo que esa es una mentira china, porque a los chinos, igual que a los mexicanos, no les gusta que sus mujeres sean fuertes.

Mi bisabuela. Me hubiera gustado conocerla, un caballo salvaje de mujer, tan salvaje que no quería casarse. Hasta que mi abuelo le echó un costal sobre la cabeza y se la llevó. Así nomás, como si fuera un candelabro elegante. Así fue como lo hizo.

Cuenta la leyenda que ella jamás lo perdonó. Se pasó la vida entera mirando por la ventana, de la misma forma en que muchas mujeres apoyan su tristeza sobre un codo. Yo me pregunto si solo hizo lo mejor que pudo con lo que le tocó, o si se lamentaba de no haber sido todas las cosas que quiso ser. Esperanza. Heredé su nombre, pero no quiero heredar su sitio junto a la ventana.

En la escuela pronuncian mi nombre raro, como si las sílabas estuvieran hechas de hojalata y te lastimaran el paladar. Pero en español mi nombre está hecho de algo más suave, como la plata, no es tan grueso como el nombre de mi hermana —Magdalena—, que es más feo que el mío. Magdalena al menos puede regresar a casa y convertirse en Nenny. Pero yo siempre soy Esperanza.

Me gustaría bautizarme a mí misma con un nuevo nombre, un nombre más parecido a mi yo verdadero, la que nadie ve. Esperanza como Lisandra o Maritza o Zeze la X. Sí, algo como Zeze la X me quedaría bien.

Cathy,
reina de los gatos

Ella dice: Soy la tátara tátara prima de la reina de Francia. Vive en el piso de arriba, a un lado de Joe el manoseador. No te acerques a él, dice ella. Es muy peligroso. Benny y Blanca son dueños de la tienda de la esquina. Son buena gente mientras no te recargues en el mostrador de los dulces. Dos niñas roñosas como ratas viven al otro lado de la calle. Ni las quieres conocer. Edna es la señora dueña del edificio junto al tuyo. Solía ser dueña de un edificio inmenso como una ballena, pero su hermano lo vendió. La madre dijo: no, no, nunca lo vendas. No lo haré. Pero entonces ella cerró los ojos y él lo vendió. Alicia se cree mucho desde que fue a la universidad. Antes yo le caía bien, pero ya no.

Cathy, reina de los gatos, tiene gatos, gatos y más gatos. Gatitos, gatotes, gatos flacuchos, gatos enfermos. Gatos dormidos como donitas. Gatos encima del refrigerador. Gatos paseando sobre la mesa del comedor. Su casa es como el paraíso de los gatos.

Tú quieres una amiga, dice Cathy. Está bien, seré tu amiga. Pero solo hasta el martes que viene. Es cuando vamos a mudarnos. Tenemos que irnos. Y luego, como si se le hubiera olvidado que yo acabo de mudarme, dice que el vecindario se está poniendo de lo peor.

El padre de Cathy tendrá que volar a Francia un día y encontrar a la tátara tátara prima paterna de Cathy y heredar la casa familiar. ¿Y cómo es que lo sé? Pues ella me lo dijo. Mientras tanto tendrán que mudarse un poco más al norte de Mango Street, un poco más lejos cada vez que gente como nosotros siga llegando.

Nuestro
día bueno

Si me das cinco dólares, seré tu amiga por siempre. Es lo que la más chiquita me dice.

Cinco dólares es barato porque aún no tengo a nadie más que a Cathy, que solo será mi amiga hasta el martes.

Cinco dólares, cinco dólares.

Anda buscando a alguien que ponga dinero para comprarle una bicicleta a un muchacho llamado Tito. Ya tienen diez dólares y solo les hacen falta cinco.

Solo cinco dólares, dice ella.

No les hables, dice Cathy. ¿No ves que huelen a escoba?

Pero me caen bien. Usan ropa chueca y vieja. Llevan puestos relucientes zapatos de domingo, pero sin calcetines. Eso hace que sus tobillos descubiertos se pongan rojos, pero me caen bien. Especialmente la más grande, la que se ríe con todos los dientes. Me cae bien, aunque deje que sea la más chiquita la que haga toda la plática.

Cinco dólares, dice la chiquita, solo cinco.

Cathy me jala del brazo y sé que, haga lo que haga, se enojará conmigo para siempre.

Espérenme tantito, digo, y corro dentro por los cinco dólares. Tengo tres dólares ahorrados y tomo dos de Nenny. Mi hermana no está en casa, pero sé que se pondrá contenta cuando sepa que somos dueñas de una bicicleta. Cuando regreso Cathy ya se ha marchado, justo como pensé que lo haría, pero no me importa. Tengo dos nuevas amigas y también una bicicleta.

Mi nombre es Lucy, dice la grande. Esta acá es Rachel, mi hermana.

Soy su hermana, dice Rachel. ¿Y tú quién eres?

Y yo desearía llamarme Cassandra o Alexis o Maritza —cualquier cosa menos Esperanza—, pero cuando digo mi nombre no se ríen.

Venimos de Texas, dice Lucy, sonriendo. Esta nació aquí, pero yo soy Texas.

Querrás decir ella, corrijo.

No, yo soy de Texas, dice, sin entenderme.

La bici es de las tres, dice Rachel, que ya está pensando a futuro. Hoy es mía, mañana es de Lucy y pasado mañana tuya.

Pero todas queremos montarla hoy porque la bici es nueva, así que decidimos empezar los turnos hasta *después* de mañana. Hoy es de todas.

No les digo nada de Nenny aún. Es demasiado complicado. Sobre todo porque Rachel casi le saca un ojo a Lucy por ver quién montará la bici primero. Pero finalmente decidimos subirnos las tres juntas. ¿Por qué no?

Como Lucy tiene piernas largas es ella quien pedalea. Yo me siento en el asiento trasero y Rachel es lo bastante flaca como para sentarse en el manubrio, lo que hace que la bicicleta se tambalee como si las ruedas fueran de espagueti, pero después de un rato nos acostumbramos.

Rodamos rápido, cada vez más rápido. Pasamos mi casa, triste y roja y desmoronándose en algunas partes, pasamos la tienda del señor Benny en la esquina y bajamos por la avenida, aunque es peligroso. La lavandería, la tienda de cosas usadas, la farmacia, ventanas y coches y más coches, y luego le damos la vuelta a la manzana para regresar a Mango.

La gente del autobús nos saluda. Una señora muy gorda que cruza la calle nos dice:

Mira nomás qué peso cargan.

Mire nomás qué peso carga usted, le grita Rachel. Es muy atrevida.

Bajamos y bajamos por Mango Street. Rachel, Lucy, yo. Nuestra bicicleta nueva. De regreso. Riendo todo el camino chueco.

Risa

Nenny y yo no parecemos hermanas... no a primera vista. No como te das cuenta en seguida con Rachel y Lucy, que tienen los mismos labios gordos de paleta como el resto de su familia. Pero yo y Nenny somos más parecidas de lo que pensarías. Nuestra risa, por ejemplo, no es la tímida risita de campanita de heladero de la familia de Rachel y Lucy, sino brusca y repentina como una pila de platos al romperse. Y otras cosas que no puedo explicar.

Un día pasamos frente a una casa que, según yo, se parecía a las casas que yo había visto en México. No sé bien por qué. Nada en la casa era exactamente igual a las casas que yo recordaba. Ni siquiera sé por qué lo pensé, pero parecía verdad.

Miren esa casa, les dije, parece México.

Rachel y Lucy me miran como si estuviera loca, pero antes de que puedan soltar una carcajada, Nenny dice: Sí, eso sí es México. Exactamente lo que pensaba.

Gil compraventa de muebles

Hay una tienda de baratijas. El dueño es un viejo. Una vez le compramos un refrigerador usado y Carlos le vendió una caja de revistas por un dólar. La tienda es pequeña con solo una ventana sucia por la que entra la luz. El viejo no enciende la luz a menos que traigas dinero para comprarle cosas, así que Nenny y yo esculcamos y encontramos toda clase de objetos en la oscuridad. Mesas patas arriba y filas y filas de refrigeradores de esquinas redondeadas y sillones que arrojan polvo al aire cuando los golpeas y cientos de televisores que probablemente no funcionan. Todo está amontonado, así que para recorrer la tienda tienes que pasar por pasillos flaquitos. Te puedes perder muy fácil.

El dueño, él es un señor negro que no habla mucho y a veces, si no te fijas, puedes quedarte ahí un ratote hasta que tus ojos distinguen un par de anteojos dorados flotando en la oscuridad. Nenny, que se cree muy lista y siempre anda hablando con cualquier viejito, le hace muchas preguntas. Yo, yo nunca le he dicho nada, solo una vez cuando compré la Estatua de la Libertad por una moneda de diez centavos.

Pero una vez oigo a Nenny preguntarle: ¿Qué es esto? Y el señor dice: Esto, esto es una caja de música, y yo me volteo rápido pensando que a lo mejor él quería decir una *hermosa* caja con flores pintadas y una bailarina adentro. Pero lo que el viejo señala no es nada parecido a eso, sino una vieja caja de madera con un enorme disco de latón con agujeros. Entonces la pone en marcha y un montón de cosas comienzan a suceder. Es como si de repente soltara un millón de polillas sobre los muebles polvorientos y en las sombras que parecen cuellos de cisne y sobre nuestros huesos. Es como gotas de agua. O como marimbas, pero con un sonido punteado muy curioso, como si pasaras tus dedos por los dientes de un peine metálico.

Y entonces, no sé bien por qué, tengo que darme la vuelta y fingir que no me interesa la caja, para que Nenny no pueda ver lo tonta que soy. Pero Nenny, que es todavía más tonta, le pregunta al viejo cuánto cuesta y puedo ver sus dedos buscando las monedas de cuarto de dólar en los bolsillos de sus pantalones.

Esto, dice el viejo, cerrando la tapa, esto no se vende.

Meme Ortiz

Meme Ortiz se mudó a la casa de Cathy cuando la familia de ella se fue. En realidad, no se llama Meme. Se llama Juan. Pero cuando le preguntamos cómo se llamaba nos dijo que Meme, y así es como todos lo llaman, menos su madre.

Meme tiene un perro de ojos grises, un perro pastor con dos nombres, uno en inglés y otro en español. El perro es grandote, como si fuera un hombre disfrazado de perro, y corre igualito a su dueño, todo torpe y alocado con los brazos y piernas todos flojos como agujetas desatadas.

El padre de Cathy construyó la casa a la que Meme se mudó. Es de madera. Adentro los pisos están inclinados.

Algunas habitaciones van de subida. Otras de bajada. Y no hay clósets. Al frente hay veintiún escalones, todos disparejos y salidos como dientes chuecos (estaban hechos a propósito, decía Cathy, para que la lluvia resbalara hacia afuera) y cuando la mamá de Meme lo llama desde la puerta, Meme trepa los veintiún escalones de madera con el perro de dos nombres detrás de él.

En la parte de atrás hay un patio, casi todo de tierra, y un montón de tablones cochambrosos que alguna vez fueron una cochera. Pero lo que se queda en tu memoria es este árbol inmenso, de brazos gordos y poderosas familias de ardillas en las ramas más altas. Todo alrededor, el vecindario de techos de dos aguas, cubiertos de alquitrán, y en sus canaletas, las pelotas que nunca volvieron a bajar a la tierra. Abajo, en la base del árbol, el perro de dos nombres le ladra al aire vacío, y allá, al final de la cuadra, luciendo aún más pequeñita, nuestra casa sentada sobre sus patas dobladas como un gato.

Ese es el árbol que elegimos para celebrar el Primer Concurso Anual de Saltos de Tarzán. Meme lo ganó. Y se rompió los dos brazos.

Louie,
su prima
y su primo

Bajo la casa de Meme hay un sótano que la madre de Meme
arregló y rentó a una familia puertorriqueña. La familia
de Louie. Louie es el mayor de una familia de hermanitas.
En realidad, es amigo de mi hermano, pero sé que tiene
dos primos y que sus camisetas jamás se quedan metidas
dentro de sus pantalones.

La prima de Louie es mayor que nosotros. Vive con
la familia de Louie porque la suya está en Puerto Rico.
Se llama Marín, o Marís, o algo parecido, y siempre lleva
medias oscuras y mucho maquillaje que consigue gratis
porque es vendedora de Avon. No puede salir —tiene
que cuidar a las hermanitas de Louie— pero pasa mucho

tiempo parada en la puerta, cantando siempre la misma canción mientras chasquea los dedos:

Apples, peaches, pumpkin pah-ay
You're in love and so am ah-ay[1]

Louie tiene otro primo. Solo lo vimos una vez, pero fue importante. Estábamos jugando voleibol en el callejón cuando llegó a bordo de un inmenso Cadillac amarillo, con llantas de banda blanca y una bufanda amarilla amarrada al espejo. El primo de Louie llevaba el brazo fuera de la ventanilla. Tocó la bocina un par de veces y un montón de caras se asomaron por la ventana trasera de la casa de Louie y luego un montón de gente salió: Louie, Marín y todas las hermanitas.

Todos se asomaron dentro del coche y le preguntaron de dónde lo había sacado. Tenía alfombras blancas y asientos de piel blanca. Le pedimos que nos llevara a dar una vuelta y le preguntamos de dónde lo había sacado. El primo de Louie nos dijo: Súbanse.

Cada uno tuvo que sentarse con una hermanita de Louie en las piernas, pero no nos importó. Los asientos eran amplios y suaves como un sofá, y había un gatito blanco en la ventana trasera, con ojos que se encendían cada vez que el coche se detenía o giraba. Las ventanillas no se subían como en los coches normales. En vez de eso había un botón que lo hacía por ti automáticamente. Recorrimos el callejón y la cuadra seis veces, pero el primo de Louie dijo que nos obligaría a regresar a pie si no dejábamos de jugar con las ventanillas y de tocar la radio FM.

---

[1] "Manzanas, duraznos, pay de calaba-za/ Estás enamorada, yo igua-al."

La séptima vez que entramos en el callejón oímos unas sirenas... muy quedito al principio, pero luego más fuerte. El primo de Louie paró el coche ahí mismo en donde estábamos y dijo: Sálganse todos. Y luego se fue volando, convirtiendo el auto en un borrón amarillo. Casi no tuvimos tiempo de pensar cuando la patrulla de policía entró al callejón igual de rápido. Vimos el Cadillac amarillo al final de la cuadra, tratando de girar a la izquierda, pero nuestro callejón es demasiado flaquito, y el coche se estrelló contra un poste de luz.

Marín gritó y corrimos hacia la esquina donde la sirena de la patrulla giraba azul y mareada. La trompa del Cadillac amarillo estaba toda fruncida como el hocico de un cocodrilo, y a excepción de un labio roto y la frente magullada, el primo de Louie estaba bien. Lo esposaron y metieron dentro de la patrulla, y mientras se alejaban, todos le dijimos adiós con las manos.

Marín

El novio de Marín está en Puerto Rico. Ella nos enseña sus cartas y nos hace prometer que no le diremos a nadie que va a casarse cuando regrese a P.R. Dice que él aún no consigue trabajo, pero ella está ahorrando todo el dinero que gana vendiendo Avon y cuidando a sus primas.

Marín dice que si se queda aquí el próximo año va a conseguir un trabajo de verdad en el centro, porque ahí están los mejores trabajos, porque siempre tienes que verte linda y puedes ponerte ropa buena y conocer a alguien en el metro que a lo mejor se casa contigo y te lleva a vivir muy lejos, a una casa enorme.

Pero el próximo año los padres de Louie van a de-volvérsela a su madre, con una carta diciéndole que da muchos problemas, y eso es una pena porque a mí me cae muy bien Marín. Es mayor y sabe muchas cosas. Ella fue la que nos explicó cómo se embarazó la hermana de Davey el *Baby*, y cuál crema es la mejor para depilarte el bigote y que si cuentas los puntos blancos de tus uñas puedes saber cuántos muchachos piensan en ti y un montón de cosas que ahora ya no recuerdo.

Nunca vemos a Marín hasta que su tía regresa a casa del trabajo, y, hasta eso, solo puede quedarse en la en-trada de la casa. Todas las noches se pone ahí con su radio. Cuando la luz del cuarto de su tía se apaga, Marín en-ciende un cigarrillo y no importa si hace frío afuera o si la radio no sirve o si no tenemos nada que contarnos. Lo importante, dice Marín, es que los muchachos nos vean y que nosotros los veamos. Y como las faldas de Marín son más cortas, y como sus ojos son lindos, y como Marín es mayor que nosotras en muchas formas, los muchachos que pasan dicen cosas estúpidas como: estoy enamorado de esas dos manzanas verdes que tienes por ojos, regálamelas, ándale. Y Marín nomás se les queda viendo sin parpadear y no les tiene miedo.

Marín, bajo el poste de la luz, bailando sola, está can-tando la misma canción en algún otro lado. Lo sé. Espera que un coche se pare, que una estrella caiga, que alguien le cambie la vida.

Los que no

Los que no se dan cuenta llegan a nuestro barrio asustados. Creen que somos peligrosos. Creen que los atacaremos con cuchillos brillantes. Es gente tonta que se pierde y llega aquí por equivocación.

Pero nosotros no tenemos miedo. Sabemos que el tipo con el ojo chueco es el hermano de Davey el *Baby*, y que el altote de sombrero de paja junto a él es el chico de Rosa, Eddie V., y que el grandote que parece un viejo zonzo es el *Fat Boy*, aunque ya no esté gordo ni sea niño.

Rodeado de raza nada nos pasa. Pero mira nomás cuando conducimos por un vecindario de otro color, y las rodillas comienzan a hacernos traca traca y subimos las ventanillas del coche hasta arriba y clavamos los ojos al frente. Eso mero. Y ahí va, ahí va la cosa.

Había
una señora
que tenía
tantos hijos
que no sabía
qué hacer

Los hijos de Rosa Vargas son demasiados y demasiado. No es culpa suya, ¿saben?, salvo que es la madre y una sola contra tantos.

Son malos, esos Vargas, pero qué pueden hacer si solo tienen una madre que siempre está cansada de tantos botones, botellas y bebés, y que llora todos los días por el hombre que la abandonó sin dejarle ni un solo dólar para comprar mortadela, o una nota explicando por qué.

Los niños doblan los árboles y se columpian entre los coches y se cuelgan de cabeza y por poco se rompen como elegantes jarrones de museo que no se pueden reemplazar. Creen que es chistoso. No sienten respeto por ningún ser viviente, incluyéndose a sí mismos.

Pero después de un rato te cansas de preocuparte por esos niños que ni siquiera son tuyos. Un día están jugando a ver quién es el más valiente en el techo del señor Benny. El señor Benny les dice: Oigan, chamacos, ¿qué hacen allá arriba columpiándose? Bájense de 'ai , bájense orita mismo, pero ellos nomás le escupen.

¿Ven? Eso es lo que quiero decir. Con razón todos se dieron por vencidos. Dejaron de vigilarlos cuando el pequeño Efraín se rompió los dientes de conejo contra un parquímetro, y ni siquiera trataron de evitar que a Refugia se le quedara la cabeza atorada entre dos barrotes de la reja de atrás, y nadie alzó la vista ni una sola vez el día en que Ángel Vargas aprendió a volar y cayó del cielo como una dona de azúcar, como una estrella fugaz, y explotó contra la tierra sin siquiera un solo "oh".

Alicia la que ve ratones

Cierra los ojos y verás que se van, le dice su padre. O son puras fantasías tuyas. Y de todas formas la obligación de una mujer es dormirse para poder levantarse temprano con la estrella de las tortillas, la que aparece de madrugada justo cuando es hora de levantarse para descubrir, con el rabillo del ojo, unas patitas traseras detrás del fregadero, bajo la tina de cuatro garras, bajo los tablones hinchados de la duela que nadie repara.

Alicia, cuya mamá murió, lamenta que no haya nadie mayor que se levante a hacer las tortillas para el almuerzo. Alicia, que heredó de su madre el rodillo para amasar y lo dormilona, es joven y lista y estudia por primera vez en la universidad. Dos trenes y un autobús, porque no quiere pasarse la vida en una fábrica o detrás del rodillo. Es una muchacha muy buena, mi amiga, que estudia toda la noche y ve ratones, los que su padre dice que no existen. No le tiene miedo a nada, más que a esos peluditos de cuatro patas. Y a los padres.

Darius
y las nubes

Nunca puedes hartarte del cielo. Puedes dormirte y despertar borracho de cielo, y el cielo puede cuidarte cuando estás triste. Aquí hay muchísima tristeza y no alcanza el cielo. Mariposas también hay pocas, igual flores y casi todas las cosas que son bellas. De todos modos, aprovechamos lo que nos cae y nos conformamos.

Darius, al que no le gusta la escuela y a veces es un zonzo y casi siempre un tonto, dijo algo muy sabio hoy, aunque la mayoría de los días no dice nada. Darius, el que persigue a las niñas con petardos o con un palo con el que tocó a una rata y se cree el muy macho, hoy señaló al cielo porque el mundo estaba lleno de nubes, de las que parecen almohadas.

¿Ven esa nube de allá, la más gordota?, dijo Darius. ¿La ven? ¿Dónde? La que está junto a la otra que parece una palomita de maíz. La de allá. Vean. Es Dios, dijo Darius. ¿Dios?, preguntó un pequeñito. Dios, respondió él, y lo puso sencillo.

Y algunas más

Los esquimales tienen treinta nombres diferentes para la nieve, digo. Lo leí en un libro.

Yo tengo una prima, dice Rachel. Tiene tres apellidos diferentes.

Nada de treinta tipos de nieve, dice Lucy. Nomás hay dos: la limpia y la sucia. Limpia y sucia. Solo dos.

Hay chorrocientos millones de tipos, dice Nenny. No hay dos que sean igualitas. Solo que, ¿cómo recuerdas cuál es cuál?

Tiene tres apellidos y, déjame ver, dos nombres. Uno en inglés y otro en español...

Y las nubes tienen por lo menos diez nombres diferentes, digo.

¿Las nubes tienen nombres?, pregunta Nenny. ¿Nombres como tú y como yo?

Esa de ahí arriba es un cúmulo, digo, y todas miran hacia arriba.

Los cúmulos son chulos, dice Rachel. *Tenía* que decir algo así.

¿Y esa de allá?, pregunta Nenny, señalando con un dedo.

También es un cúmulo. Todas son cúmulos hoy. Cúmulo, cúmulo, cúmulo.

No, dice. Esa de ahí es Nancy, también conocida como Ojo de puerco. Y por allá está su prima Mildred, y el pequeño Joey, Marco, Nereida y Sue.

Hay muchas clases de nubes. ¿Cuántas clases diferentes de nubes crees que hay?

Bueno, hay unas que parecen crema de afeitar.

¿Y las que parecen que les pasaste un peine por el pelo? Sí, esas también son nubes.

Phyllis, Ted, Alfredo y Julie...

Hay nubes que parecen enormes campos de borregos, dice Rachel. Esas son mis favoritas.

Y no te olvides de nimbus nube de lluvia, añado. Esa sí que es genial.

José y Dagoberto, Alicia, Raúl, Edna, Alma y Rickey...

Hay una nubesota toda inflada que se parece a tu cara cuando te despiertas después de haberte quedado dormida con la ropa puesta.

Reynaldo, Angelo, Albert, Armando, Mario...

Mi cara no. Será tu carota gorda.

Rita, Margie, Ernie...

¿La carota gorda de quién?

La carota de Esperanza, esa mera. Se parece a la carota fea de Esperanza llegando a la escuela en la mañana.

Anita, Stella, Dennis y Lolo...

¿A quién le estás diciendo fea, fea?

Richie, Yolanda, Hector, Stevie, Vincent...

A ti no, a tu mamá. Esa mera.

¿A mi mamá? Más te vale que no digas eso, Lucy Guerrero. Más te vale no hablar así... O puedes olvidarte de ser mi amiga para siempre.

Yo digo que tu mamá es fea como... mmmm... ¡Como los pies descalzos en septiembre!

¡Ya párale! ¡Ustedes dos, más les vale que se larguen de mi patio antes de que llame a mis hermanos!

Ay, nomás estamos jugando.

Se me ocurren treinta palabras esquimales para ti, Rachel. Treinta palabras que dicen lo que eres.

¿Ah, sí? Bueno, pues a mí se me ocurren algunas más.

Uuuy, Nenny, mejor ve por la escoba. Hay muchísima basura en nuestro patio hoy.

Frankie, Licha, María, Pee Wee...

Nenny, mejor dile a tu hermana que está bien loca, porque ni Lucy ni yo pensamos regresar aquí nunca. Jamás.

Reggie, Elizabeth, Lisa, Louie...

Puedes hacer lo que quieras, Nenny, pero si quieres seguir siendo mi hermana, más te vale que no hables con Lucy ni con Rachel.

¿Sabes qué eres, Esperanza? Eres como avena sin leche. Eres como los grumos.

Ajá, y tú eres una pulgapatas, eso es lo que eres.

Labios de pollo.

Rosemary, Dalia, Lily...

Jalea de cucaracha.

Jean, Geranium y Joe...

Frijoles fríos.
Mimi, Michael, Moe...
Los frijoles de tu mamá.
Los dedos de los pies de tu mamá fea.
Qué cosa tan tonta.
Bebe, Blanca, Benny...
¿Quién es tonta?
Rachel, Lucy, Esperanza y Nenny.

La familia de
los pies pequeños

Había una familia. Todos eran pequeños. Sus brazos eran pequeños y sus manos eran pequeñas y su estatura nada alta, y sus pies muy pequeñitos.

El abuelo dormía en el sillón de la sala y roncaba entre dientes. Sus pies eran gordos y masudos como tamales gruesos y los entalcaba y enfundaba en calcetines blancos y zapatos de cuero marrón.

Los pies de la abuela eran encantadores como perlas rosas, ataviados en tacones de terciopelo que la hacían bambolearse al caminar, pero de todas formas los usaba porque lucían hermosos.

El bebé tenía diez deditos diminutos, pálidos y transparentes como los de una salamandra, y se los llevaba a la boca cada vez que tenía hambre.

Los pies de la madre, regordetes y educados, descendían como palomas blancas del mar de almohadas, cruzaban las rosas del linóleo, bajaban y bajaban las escaleras de madera, sobre los cuadros de tiza de la rayuela: 5, 6, 7, 10.

¿Quieren esto? Y nos dio una bolsa de papel con un par de zapatos de tacón color limón, otros rojos, y un par de zapatos de baile que alguna vez fueron blancos pero que ahora eran azul pálido. Tomen, y nosotras dijimos gracias y esperamos a que subiera las escaleras.

¡Híjoles! Hoy somos como Cenicienta porque nuestros pies se amoldan perfectamente y reímos al ver el pie de Rachel con una calceta gris y un zapato de tacón. ¿Te gustan estos zapatos? Pero la verdad es que da miedo mirarse el pie, que ya no es de una pegado a una pierna larga, larga.

Todas quieren intercambiar. Los zapatos limón por los rojos, los rojos por el par que antes era blanco y ahora azul pálido, los azul pálido por los limón, y quitárselos y volvérselos a poner y así durante un ratote hasta que nos cansamos.

Entonces Lucy grita que nos quitemos los calcetines, y sí, es cierto. Tenemos piernas. Flacuchas y salpicadas de cicatrices satinadas donde nos arrancamos las costras, pero piernas, a fin de cuentas, todas nuestras, agradables a la vista y largas.

Es Rachel la que aprende a caminar mejor y se pavonea sobre los tacones mágicos. Nos enseña a cruzar y descruzar las piernas, y a correr como si saltáramos la doble cuerda, y a caminar hasta la esquina de manera que los zapatos respondan a cada paso. Lucy, Rachel y yo, tambaleándonos así, calle abajo hasta llegar a la esquina donde los hombres no pueden quitarnos los ojos de encima. Debemos de ser Navidad.

El señor Benny de la tienda de la esquina aparta su importante puro: ¿Y sus mamás ya saben que andan con zapatos desos? ¿Quién se los dio?

Nadie.

Esas cosas son peligrosas, dice. Tan muy chiquitas para usar zapatos desos. Quítenselos, o llamo a los polis, pero nosotras salimos corriendo.

En la avenida, un muchacho en una bicicleta casera grita: Damitas, llévenme al cielo.

Pero no hay nadie más que nosotras.

¿Te gustan estos zapatos? Rachel dice que sí, y Lucy dice que sí, y yo digo que sí, que son los mejores. Nunca volveremos a usar de los otros. ¿Te gustan estos zapatos?

Frente a la lavandería, seis muchachas con la misma cara gorda fingen que somos invisibles. Son las primas, dice Lucy, y siempre son envidiosas. Nosotras seguimos pavoneándonos.

Del otro lado de la calle, frente a la taberna, un hombre vagabundo sobre los escalones.

¿Te gustan estos zapatos?

El hombre vagabundo dice: Sí, chiquita. Qué bonitas tus zapatillas limón. Pero acércate un poquito, no puedo ver bien. Acércate, por favor.

Eres una niña muy bonita, sigue diciendo el hombre vagabundo. ¿Cómo te llamas, chiquita bonita?

Y Rachel dice Rachel, así sin más.

Sabes que hablar con borrachos es de locos, y decirles tu nombre es aún peor, pero quién puede culparla. Es muy joven y está mareada por tantas palabras dulces en un solo día, aunque vengan de la voz de vodka de un hombre vagabundo.

Rachel, eres más bonita que un taxi amarillo. ¿Lo sabías?

Pero no nos gusta. Tenemos que irnos, dice Lucy.

Si te doy un dólar, ¿me das un beso? ¿Qué tal un dólar? Te daré un dólar, y se busca dinero arrugado en el bolsillo.

Tenemos que irnos ahorita mismo, dice Lucy, tomando la mano de Rachel, porque parece que su hermana está considerando ese dólar.

El hombre vagabundo grita algo a los cuatro vientos, pero nosotras ya vamos corriendo rápido y muy lejos, nuestros zapatos de tacón llevándonos camino abajo por la avenida y alrededor de la cuadra. Pasamos a las primas feas, pasamos la tienda del señor Benny hasta subir por Mango Street, por la parte de atrás, por si las moscas.

Estamos fatigadas de ser hermosas. Lucy esconde los zapatos limón y los rojos y los que fueron blancos y ahora son azul pálido bajo una todopoderosa cesta en el porche trasero, hasta que un martes su madre, que es muy ordenada, los tira. Pero nadie se queja.

Un sándwich
de arroz

A los niños especiales, los que llevan llaves colgadas del cuello, les toca comer en *the canteen*. ¡*The canteen*! Hasta el nombre suena importante. Y estos niños van ahí a la hora del almuerzo porque sus madres no están en casa, o sus casas están demasiado lejos.

Mi casa no está tan lejos pero tampoco está cerca, y de algún modo se me metió en la cabeza un día pedirle a mi madre que me hiciera un sándwich y le escribiera una nota a la directora para que yo también pudiera comer en *the canteen*.

Oh, no, dice ella, apuntándome con el cuchillo de la mantequilla como si le estuviera dando lata, no, señor.

Al rato todos querrán llevarse su almuerzo en una bolsa, y me pasaré toda la noche cortando triángulos de pan, este con mayonesa, este con mostaza, el mío sin pepinillo, pero con la mostaza en un solo lado, por favor. Ustedes chamacos nomás andan inventándose cómo darme más trabajo.

Pero Nenny dice que ella no quiere comer en la escuela, nunca, porque le gusta ir a casa de su mejor amiga, Gloria, que vive enfrente del patio de la escuela. La mamá de Gloria tiene un enorme televisor a color y se la pasan viendo caricaturas. Por su parte Kiki y Carlos son vigilantes de tránsito escolar. Tampoco quieren comer en la escuela. A ellos les gusta pararse afuera, en el frío, especialmente si llueve. Creen que el sufrimiento es bueno para uno desde que vieron esa película de *Los 300 espartanos*.

Yo no soy espartana y levanto una muñeca enclenque para probarlo. Ni siquiera puedo inflar un globo sin marearme. Y, además, sé cómo prepararme el almuerzo. Si yo comiera en la escuela habría menos platos que lavar. Me verías cada vez menos y me querrías más. Al mediodía mi silla estaría vacía. ¿Dónde está mi hija favorita?, te lamentarías suspirando, y cuando finalmente llegara a casa a las tres de la tarde, me valorarías.

Okey, okey, dice mi madre, después de tres días de esta cantinela. A la mañana siguiente me toca ir a la escuela con la carta de mi mamá y un sándwich de arroz, porque no tenemos carnes frías.

Lunes o viernes, no importa, las mañanas siempre avanzan muy lento, y hoy más. Pero finalmente llega la hora del almuerzo y me toca formarme con los niños que se quedan en la escuela. Todo marcha bien hasta que la monja que conoce de memoria a todos los niños en *the canteen* me mira y dice: Y a ti, ¿quién te mandó aquí? Y como soy penosa, no digo nada, solo extiendo mi mano con la carta. Esto no sirve, dice, hasta que la Madre Superiora lo apruebe. Sube a verla. Así que fui.

Tuve que esperar a que les gritara a dos niños que pasaron antes de mí, a uno porque hizo algo en clase y al otro porque no lo hizo. Llega mi turno y me paro frente al enorme escritorio con estampas de santos bajo el cristal mientras la Madre Superiora lee mi carta. Decía así:

Estimada Madre Superiora:
Por favor permita que Esperanza coma en la cafetería porque vive muy lejos y se cansa mucho. Como puede ver, está muy flaquita. Ruego a Dios que no se desmaye.
Muchas gracias,
Sra. E. Cordero

Tú no vives lejos, dice la Madre. Vives cruzando el bulevar. Son solo cuatro cuadras. Ni siquiera cuatro. Tal vez tres. A tres cuadras grandes de aquí. Apuesto a que alcanzo a ver tu casa desde la ventana. ¿Cuál es? Ven aquí. ¿Cuál es tu casa?

Y entonces me hizo pararme sobre una caja de libros y señalar. ¿Es esa?, dijo, señalando una fila de edificios feos de tres pisos, a los que hasta a los pordioseros les da vergüenza entrar. Sí, asentí, aunque yo sabía que aquella no era mi casa, y me puse a llorar. Siempre lloro cuando las monjas me gritan, incluso aunque no me estén gritando.

Entonces ella sintió lástima y dijo que podía quedarme, pero solo por hoy: Mañana y el día siguiente te irás a casa. Y yo le dije que sí y por favor, ¿podría darme un *kleenex*? Tenía que sonarme la nariz.

En *the canteen*, que no era nada del otro mundo, un montón de niños y niñas me miraron mientras yo lloraba y comía mi sándwich, el pan ya grasoso y el arroz frío.

Chanclas

Soy yo, Mamá, dice Mamá. Abro la puerta y ahí está ella, con bolsas y cajas grandes, la ropa nueva, y sí, trajo las calcetas y un fondo nuevo con una rosita y un vestido de rayas rosas y blancas. ¿Y qué pasó con los zapatos? Se me olvidaron. Ya es demasiado tarde. Estoy muy cansada, ¡uf!

Son las seis y media y el bautizo de mi primito terminó. Todo el día esperando, la puerta cerrada, no le abran a nadie, y yo la obedezco hasta que mamá regresa y compra todo menos los zapatos.

Ahora el tío Nacho llega en su coche y tenemos que apurarnos para llegar rápido a la Iglesia de la Preciosa Sangre de Nuestro Señor Jesucristo porque ahí es la fiesta de bautizo, en el sótano rentado este día para el baile y los tamales y los chamacos de todos correteándose por todas partes.

Mamá baila, ríe, baila. Pero de pronto se siente mal. Abanico su cara acalorada con un plato de papel. Demasiados tamales, pero el tío Nacho dice demasiado de esto y se empina el pulgar hacia los labios.

Todos ríen menos yo, porque llevo puesto el vestido nuevo de rayas rosas y blancas, y ropa interior nueva y calcetas nuevas con los mismos zapatos viejos, blancos y café, que llevo a la escuela; los que siempre me compran cada septiembre porque duran mucho, y sí duran. Mis pies rasguñados y redondos, con los tacones bien chuecos que se ven ridículos con este vestido, así que nomás me quedo aquí sentada.

Mientras tanto, ese muchacho que es mi primo de primera comunión o de algo me saca a bailar, pero yo no puedo. Escondo mis pies debajo de la silla plegable de metal que dice Preciosa Sangre y despego un chicle color café pegado debajo del asiento. Sacudo la cabeza. Mis pies creciendo más y más grandotes.

Entonces el tío Nacho tira y tira de mi brazo y no importa lo nuevo que es el vestido que Mamá me compró porque mis pies son horribles, hasta que mi tío, que es bien mentiroso, dice: Eres la muchacha más bonita de aquí, ¿bailas?, y yo le creo, y sí, bailamos, mi tío Nacho y yo, solo que al principio no quiero. Mis pies se hinchan hasta volverse inmensos como desatascadores, pero yo los arrastro por el piso de linóleo hasta el centro de la pista donde el tío quiere presumir los nuevos pasos que aprendimos. Y el tío me hace girar, y mis brazos flacuchos se tuercen como él me enseñó, y mi madre mira, y mis primitos miran, y el muchacho que es mi primo de primera comunión mira, y todos dicen: *Wow*, ¿quiénes son esos dos que bailan como en las películas?, hasta que se me olvida que llevo puestos zapatos ordinarios, blancos con café, de los que mi madre me compra cada año para la escuela.

Y todo lo que oigo son aplausos cuando la música se detiene. Mi tío y yo hacemos una reverencia y él me lleva con mis gruesos zapatotes hasta donde está mi madre, que se siente orgullosa de ser mi madre. Toda la noche el muchacho que ya es un hombre me mira bailar. Me miró bailar.

Caderas

Con esta sí,
con esta no,
con esta señorita me caso yo.

Un día te despiertas y ahí están. Listas y a la espera, como un Cadillac nuevo con las llaves puestas. Listas para llevarte, ¿a dónde?

Sirven para cargar al bebé mientras cocinas, dice Rachel, haciendo girar la cuerda un poco más rápido. No tiene imaginación.

Las necesitas para bailar, dice Lucy.

Si no las tienes, te puedes volver hombre. Nenny lo dice, y realmente lo cree. Ella es así por su edad.

Así es, respondo, antes de que Lucy o Rachel puedan burlarse de ella. Es tonta, claro está, pero es *mi* hermana.

Pero lo más importante es que las caderas son científicas, digo, repitiendo lo que Alicia me contó. Por los huesos puedes saber cuál esqueleto es de hombre y cuál es de mujer.

Florecen como las rosas, sigo diciendo porque es obvio que soy la única que puede hablar con cierta autoridad; la ciencia está de mi lado. Un buen día los huesos se abren. Así nomás. Un día podrías decidir tener hijos, ¿y dónde vas a ponerlos? Necesitas espacio. Los huesos tienen que dar de sí.

Pero no tengas muchos o el trasero te crecerá. Así son las cosas, dice Rachel, cuya mamá es ancha como una lancha. Y todas nos reímos.

Lo que digo es que, ¿quién de nosotras aquí presentes está lista? Tienes que ser capaz de saber qué hacer con las caderas cuando las tengas, digo, inventando sobre la marcha. Tienes que saber cómo caminar con caderas, practicar, ¿saben? Como si la mitad de tu cuerpo quisiera ir para un lado y la otra mitad para el otro.

Es para arrullarlo, dice Nenny, para arrullar al bebé que duerme dentro de ti. Y entonces empieza a cantar: A la roro, nene, a la roro, ya; duérmase mi niño, duérmaseme ya.

Estoy a punto de decirle que esa es la cosa más tonta que he oído, pero entre más lo pienso...

Tienes que agarrarle el ritmo, y Lucy comienza a bailar. Sabe de qué va la cosa, pero le cuesta trabajo sostener firme su extremo de la doble cuerda.

Así tiene que ser, le digo. Ni muy rápido ni muy lento. Ni muy rápido ni muy lento.

Bajamos la velocidad de los círculos dobles para que Rachel, que acaba de saltar dentro, pueda practicar el meneo.

Quiero menearme con el *cuchi-cuchi*, dice Lucy. Es una loca.

Quiero moverme con el *chaca-chaca*, digo yo, siguiéndole el juego.

Yo quiero ser Tahití. O merengue. O electricidad.

¡O tembleque!

Sí, tembleque. Esa es buena.

Y entonces es Rachel la que comienza:

Mueve, mueve
mueve tus caderas.
Muévelas despacio
y rómpete la muela.

Lucy espera un minuto antes de su turno. Está pensando. Y entonces comienza:

Una señora de gordas caderas
que pagaba renta con lo que le dieran
nadie quería casarse con ella,
porque...
¡porque se parece a Cristóbal Colón!
Sí, no, a lo mejor. Sí, no, a lo mejor.

Se tropieza en el a lo mejor. Espero un poco antes de mi turno, respiro hondo y me lanzo:

Unas son flacas como estacas.
Otras son guangas como bolsas
de mandado llenas de papas.
Pero no me importa con tal de que me salgan.

Ahora todas estamos prendidas, menos Nenny, que aún sigue tarareando *ni niñita, ni niñito, solo un bei-bii-to.* Así es ella.

Cuando los dos arcos se abren como quijadas, Nenny salta adentro, frente a mí, la cuerda hace tac tac y sus aretitos dorados, los que Mamá le regaló por su primera comunión, se sacuden. Nenny es del color de las barras de jabón de lavar ropa, el pedacito café que queda después del lavado, el huesito duro, mi hermana. Abre la boca. Comienza:

Mi madre y tu madre lavando la ropa.
Mi madre golpea a la tuya justo en la boca.
¿De qué color salió la sangre?

Esa vieja canción no, le digo. Tienes que usar tu propia canción. Invéntala, ¿sí? Pero Nenny no me entiende, o no le importa. Es difícil saber cuál de las dos. La cuerda gira, gira, gira.

Que sepa coser,
que sepa bordar,
que sepa abrir la puerta
para ir a jugar.
Con esta sí,
con esta no,
con esta señorita me caso yo.

Puedo ver que Lucy y Rachel están hartas, pero no dicen nada porque Nenny es mi hermana.

Con esta sí, con esta no, con esta señorita me caso yo.

Nenny, le digo, pero ella no me escucha. Está a muchos años de distancia. Está en un mundo al que nosotras ya no pertenecemos. Nenny. Saltando y saltando.

Me cierro, me abro, me meto y me salgo.

El primer trabajo

No era que no quisiera trabajar. Sí quería. Incluso un mes antes había ido a la oficina de Seguridad Social para sacar mi número de seguridad social. Necesitaba el dinero. La secundaria católica cuesta mucho, y Papá decía que nadie iba a la escuela pública a menos que quisieras acabar mal.

Pensé que encontraría un trabajo sencillo, como los que tienen otros chicos, en alguna tienda de baratijas o en un puesto de *hot dogs*. Y aunque aún no empezaba a buscar, pensé que podía hacerlo a partir de la semana siguiente. Pero cuando llegué a casa esa tarde, toda empapada porque Tito me había empujado hacia el hidrante abierto —y yo como que lo dejé hacerlo—, Mamá me llamó a la cocina antes incluso de que pudiera cambiarme, y ahí estaba la tía Lala tomando café con una cuchara. La tía Lala dijo que había encontrado un trabajo para mí en el Estudio Fotográfico Peter Pan de North Broadway, donde ella trabajaba, y que cuántos años tenía, y que me presentara mañana diciendo que tenía un año más, y que eso era todo.

Así que a la mañana siguiente me puse el vestido azul marino que me hacía parecer mayor y pedí prestado para el almuerzo y el pasaje del autobús, porque la tía Lala dijo que no me pagarían sino hasta el siguiente viernes, y fui y entré y hablé con el jefe del Estudio Fotográfico Peter Pan de North Broadway donde la tía Lala trabajaba y mentí sobre mi edad como ella me había dicho que hiciera, y por supuesto, empecé a trabajar aquel mismo día.

En mi trabajo tenía que usar guantes blancos. Tenía que emparejar los negativos con las copias impresas, mirar las fotografías y buscar la misma imagen en la tira de negativos, ponerlos en un sobre y pasar a la siguiente. Eso es todo. No sabía de dónde venían esos sobres ni a dónde iban. Solo hacía lo que me decían.

Era realmente fácil, y creo que no me hubiera importado hacerlo, solo que después de un rato te cansabas y no sabía si podía sentarme o no, y luego empecé a sentarme solo cuando las dos señoras junto a mí se sentaban. Después de un rato se empezaron a reír y se acercaron a mí y me dijeron que podía sentarme cuando yo quisiera, y yo les dije que ya sabía.

Cuando llegó la hora del almuerzo me dio miedo comer en el comedor de la empresa con todos esos señores y señoras mirándome, así que me zampé mi comida parada dentro de uno de los cubículos del baño y me sobró mucho tiempo, por eso regresé al trabajo muy temprano. Entonces llegó la hora del descanso y no sabiendo a dónde ir, me metí en el guardarropa porque ahí había una banca.

Supongo que sería la hora de llegada del turno de la noche o del medio turno, porque varias personas llegaron y perforaron sus tarjetas en el reloj checador, y un hombre oriental ya mayor me dijo hola y platicamos un rato acerca de que yo acababa de entrar, y dijo que podíamos ser amigos y que la siguiente vez que fuera al comedor podía sentarme junto a él, y me sentí mejor. Tenía ojos bonitos y no me sentía tan nerviosa. Luego me preguntó si sabía qué día era, y cuando respondí que no, dijo que era su cumpleaños, y que si por favor le daba un beso de regalo. Pensé que podía hacerlo porque él era viejo, y cuando estaba a punto de poner mis labios sobre su mejilla, que agarra mi cara con las dos manos y me besa fuerte en la boca y no me suelta.

Papá que despierta cansado en la oscuridad

Tu abuelito murió, dice Papá una mañana temprano en mi cuarto. Está muerto, dice, y como si en ese momento acabara de escuchar la noticia, se apachurra como un abrigo y se suelta a llorar, mi valiente Papá llora. Nunca lo he visto llorar y no sé qué hacer.

Sé que tendrá que irse, que tomará un avión a México y que todos los tíos y las tías estarán allá, y que se tomarán una foto en blanco y negro frente a la tumba con flores que parecen lanzas en un florero blanco, porque así es como despiden a los muertos en ese país.

Como soy la mayor, mi Papá me avisó a mí primero, y ahora me toca darle la noticia a los demás. Tendré que explicarles por qué no podemos jugar. Tendré que pedirles que hoy se estén quietos.

Mi Papá, con sus gruesas manos y sus gruesos zapatos, que se despierta cansado en la oscuridad, que se peina el pelo con agua, se toma su café y antes de que despertemos ya se ha ido, hoy está sentado en mi cama.

Y yo pienso en qué haría si mi propio Papá se muriera. Y lo rodeo con mis brazos y lo abrazo, lo abrazo, lo abrazo.

Mal nacida

Lo más seguro es que me iré al infierno y lo más seguro es que me lo merezco. Mi madre dice que nací en un día maldito y reza por mí. Lucy y Rachel rezan también. Por todas y cada una de nosotras... por lo que le hicimos a la tía Lupe.

Su nombre era Guadalupe y era bonita como mi madre. Morena. Daba gusto mirarla. Con su vestido a la Joan Crawford y sus piernas de nadadora. La tía Lupe de las fotografías.

Pero yo la sabía enferma de un mal que no la dejaba, sus piernas abultadas bajo las sábanas amarillas, los huesos blandos como gusanos, la almohada amarilla, el olor amarillo, los frascos y las cucharas. Su cabeza echada hacia atrás como una dama sedienta. Mi tía, la nadadora.

Era difícil imaginar sus piernas antaño fuertes, los huesos firmes que partían las aguas en limpias y definidas brazadas, y no doblada y arrugada como una bebé, no ahogándose bajo la pegajosa luz amarilla. Un apartamento en la segunda planta, al fondo. El foco desnudo. Los techos altos. El foco de la luz siempre encendido.

No sé quién decide a quién le toca estropearse. No hubo nada nefasto en su nacimiento. Ningún malvado maleficio. Me parece que un día estaba nadando y al día siguiente ya estaba enferma. Tal vez fue el día en que tomaron aquella fotografía gris. Tal vez fue el día que llevaba en brazos a la prima Tachi y al bebé Frank. Tal vez fue en el preciso momento en que ella señaló hacia la cámara para que los niños voltearan, pero ellos no lo hicieron.

Tal vez el cielo no estaba mirando el día en que ella se cayó. Tal vez Dios estaba ocupado. Podría ser cierto que un día se echó mal un clavado y se lastimó la columna. O puede que sea verdad aquella historia que contaba Tachi de que se dio un golpe durísimo al caer de un banco alto.

Pero yo creo que las enfermedades no tienen ojos. Señalan a cualquiera con su dedo mareado, a cualquiera. Como a mi tía, un día que iba caminando por la calle con su vestido de Joan Crawford y su chistoso sombrero de fieltro con la pluma negra en la punta, la prima Tachi de una mano y el bebé Frank de la otra.

A veces te acostumbras a los enfermos y a veces a la enfermedad, si se queda ahí el tiempo suficiente se vuelve normal. Así pasó con ella y a lo mejor fue por eso que la escogimos.

Era un juego, eso es todo. El juego que jugábamos todas las tardes desde que una de nosotras lo inventó —no puedo recordar quién—, creo que yo.

Tenías que elegir a alguien. Tenías que pensar en alguien que conocías. Alguien que pudieras imitar para que todos los demás adivinaran de quién se trataba. Empezó con gente famosa: Wonder Woman, los Beatles, Marilyn Monroe... Pero luego a alguien se le ocurrió que sería más divertido cambiar un poco el juego y fingir que éramos el señor Benny, o su esposa Blanca, o Ruthie, o cualquier otro conocido.

No sé por qué la escogimos a ella. Tal vez estábamos aburridas aquel día. Tal vez estábamos cansadas. Queríamos mucho a mi tía. Escuchaba nuestras historias. Siempre nos pedía que regresáramos. Lucy, yo, Rachel. Yo odiaba ir sola. Las seis cuadras hasta el apartamento sombrío, la segunda planta al fondo donde nunca entraba la luz, ¿y qué importaba? Para entonces mi tía ya estaba ciega. No veía nunca los platos sucios del fregadero. No podía ver los techos llenos de moscas, las horribles paredes marrones, las botellitas y las cucharas pegajosas. No puedo olvidar el olor. Como cápsulas pegajosas rellenas de jalea. Mi tía, una pequeña ostra, un pedacito de carne dentro de una concha abierta expuesta a nuestras miradas. Hola, hola. Como si se hubiera caído a un pozo.

Yo llevaba libros de la biblioteca a su casa. Le leía cuentos. Me gustaba el libro de *Los niños del agua*. A ella también le gustaba. No me di cuenta de lo enferma que estaba hasta el día en que traté de mostrarle una de las ilustraciones del libro, una hermosa imagen a color de los niños del agua nadando en el mar. Sostuve el libro frente a su cara. No puedo verlo, me dijo, estoy ciega. Y entonces me sentí avergonzada.

Escuchaba todos los libros, todos los poemas que le leía. Un día le leí uno que yo había escrito. Me acerqué mucho a ella y susurré en su almohada:

Yo quiero ser
como las olas en el mar,
como las nubes en el viento,
pero soy yo.
Un día saltaré
fuera de mi piel.
Haré temblar el cielo
como cien violines.

Qué bonito. Está muy bueno, dijo ella, con su voz fatigada. Acuérdate de seguir escribiendo, Esperanza. Debes seguir escribiendo. Te mantendrá libre, y yo dije que sí, pero en ese entonces no sabía lo que había querido decirme.

El día que jugamos el juego no sabíamos que mi tía se iba a morir. Fingimos con las cabezas echadas hacia atrás, con los brazos flojos e inútiles, colgando, como de muerto. Reímos como ella lo hacía. Hablamos como ella hablaba, de esa forma en que los ciegos hablan sin mover la cabeza. Imitamos la forma en que tenías que alzarle un poco la cabeza para que pudiera beber agua, sorberla lentamente de una taza verde de hojalata. El agua estaba tibia y tenía un sabor metálico. Lucy rio. Rachel también. Jugamos a ser ella por turnos. Gritamos con la débil voz de un loro para que viniera Tachi y se pusiera a lavar esos platos. Era fácil.

No sabíamos. Llevaba ya tanto tiempo muriéndose que se nos olvidó. Tal vez le daba vergüenza. Tal vez la apenaba que le tomara tantos años. Los niños que querían ser niños en vez de lavar los platos y planchar las camisas de su papá, y el esposo que deseaba de nuevo tener una esposa.

Y entonces se murió, mi tía la que escuchaba mis poemas.

Y luego comenzamos a soñar los sueños.

Elenita,
cartas, palma, agua

Elenita, mujer bruja, limpia la mesa con un trapo porque Ernie, al darle de comer al bebé, derramó *Kool-Aid*. Dice: Saca a ese chamaco loco de aquí y tómate el *Kool-Aid* en la sala. ¿No ves que estoy ocupada? Ernie se lleva al bebé a la sala donde Bugs Bunny está en la tele.

Good lucky que no viniste ayer, dice. Los planetas estaban todos revueltos ayer.

Su tele es grande y a colores y todos sus bonitos muebles están forrados de peluche rojo como los osos de felpa que regalan en las ferias. Los tiene cubiertos de plástico. Creo que es por el bebé.

Sí, qué bueno, digo yo.

Pero nos quedamos en la cocina porque es donde ella trabaja. La parte de arriba del refrigerador está llena de velas benditas, algunas encendidas y otras no, rojas, verdes y azules, un santo de yeso y una polvorienta cruz de palma de Domingo de Ramos, y una estampa de la mano vudú pegada a la pared.

Trae el agua, dice ella.

Voy al fregadero y tomo el único vaso limpio que hay, un tarro de cerveza que dice: La cerveza que hizo famosa a Milwaukee, y lo lleno con agua caliente del grifo, luego pongo el tarro sobre el centro de la mesa, tal y como ella me enseñó.

Míralo, ¿ves algo?

Todo lo que veo son burbujas.

¿Ves la cara de alguien?

No, solo puras burbujas, digo.

Está bien, dice, y hace el signo de la cruz sobre el agua tres veces y comienza a partir las cartas.

Estas no son como las cartas comunes y corrientes para jugar. Son extrañas, con hombres rubios montados a caballo y unos bates de beisbol muy locos, con espinas. Cálices de oro, mujeres tristes con vestidos antiguos y rosas que lloran.

En la televisión están pasando una caricatura de Bugs Bunny muy buena, lo sé. La he visto antes y reconozco la música y quisiera poder ir a sentarme en el sillón de plástico con Ernie y el bebé, pero ya está comenzando mi fortuna. Mi vida entera en esa mesa de cocina: pasado, presente, futuro. Entonces Elenita toma mi mano y mira mi palma. La cierra. Cierra los ojos también.

¿Puedes sentirlo, el frío?

Sí, miento, pero solo un poquito.

Bien, dice, los espíritus están aquí. Y empieza.

Esta carta, la del hombre oscuro sobre el caballo oscuro, representa los celos, y esta otra, tristeza. Esto es una columna de abejas, y esto, un colchón de lujo. Irás a una boda muy pronto y, ¿perdiste un ancla de brazos? Sí, un ancla de brazos. Es claro que eso es lo que significa.

¿Dice algo de una casa?, pregunto, porque justo a eso he venido.

Ah, sí, un hogar en el corazón. Veo un hogar en el corazón.

¿Eso es *todo*?

Es lo que veo, dice ella, y luego se levanta porque los niños se están peleando. Elenita se levanta para pegarles y abrazarlos. Realmente los quiere mucho, es solo que a veces son groseros.

Regresa y se da cuenta de que estoy decepcionada. Es bruja y sabe muchas cosas. Si tienes dolor de cabeza, pásate un huevo frío por la cara. ¿Necesitas olvidar un viejo amor? Toma una pata de pollo, amárrala a un cordel rojo y hazla girar sobre tu cabeza tres veces, y luego quémala. ¿Los malos espíritus no te dejan dormir? Duerme con una vela bendita a un lado durante siete días, y al octavo escupe. Y muchísimas cosas más. Pero ahora sabe que estoy triste.

Chiquita, puedo volver a mirar las cartas si quieres. Y mira de nuevo las cartas, la palma, el agua y dice: Ajá.

Un hogar en el corazón, estaba en lo cierto.

Pero no entiendo.

Una casa nueva, pero hecha de corazón. Voy a prender una vela por ti.

Todo esto por los cinco dólares que le doy.

Gracias y adiós y cuidado con el mal de ojo. Regresa un jueves cuando las estrellas sean más fuertes. Y que la Virgen te bendiga. Y cierra la puerta.

Geraldo
sin apellidos

Lo conoció en un baile. Lindo también, y joven. Dijo que trabajaba en un restaurante, pero ella no se acuerda en cuál. Geraldo. Eso es todo. Pantalones verdes y camisa de sábado. Geraldo. Eso fue lo que le dijo.

¿Y cómo iba ella a saber que sería la última en verlo vivo? Un accidente, ¿qué no sabes? Lo atropellaron y se dieron a la fuga. Marín, ella va a todos los bailes. Uptown. Logan. Embassy. Palmer. Aragón. Fontana. The Manor. Le gusta bailar. Se sabe las cumbias y las salsas y hasta las rancheras. Y él solo era alguien con quien ella bailó. Alguien que conoció esa noche. Así es.

Esa es la historia. Eso fue lo que dijo una y otra vez. Primero a la gente del hospital y dos veces a la policía. Sin dirección, sin nombre. No había nada en sus bolsillos. ¡Qué pena!

Solo que Marín no puede explicar por qué se preocupó tanto, hora tras hora, por alguien que ni siquiera conocía. La sala de emergencias del hospital. Un interno trabajando solo. Y tal vez si el cirujano hubiera llegado, tal vez si no hubiera perdido tanta sangre. Si tan solo el cirujano hubiera llegado, sabrían a quién notificarle, y dónde.

¿Pero qué importa ya? Él no era nada de ella. No era su novio ni nada por el estilo. No era más que uno de esos braceros que no saben inglés. No era más que un espalda mojada. Ya sabes de cuáles. Los que siempre tienen cara de estar avergonzados. Y después de todo, ¿qué hacía ella en la calle a las tres de la mañana? Marín, a quien enviaron a casa con su abrigo y unas aspirinas. ¿Cómo lo explica?

Lo conoció en un baile. Geraldo, con su camisa brillante y sus pantalones verdes. Geraldo yendo al baile.

¿Qué importa?

Nunca vieron las cocinetas. Nunca vieron los apartamentos de dos piezas y los cuartuchos que rentaba, los giros semanales que enviaba a casa, la oficina de cambio. ¿Cómo iban a verlos?

Se llamaba Geraldo. Y su hogar está en otro país. Los que le sobreviven están muy lejos, se preguntarán, se encogerán de hombros, se acordarán. Geraldo, se fue al norte... jamás volvimos a saber de él.

La Ruthie
de Edna

Ruthie, una señora alta y flaca con la boca pintada de rojo y una pañoleta azul, un calcetín azul y otro verde porque se le olvidó, es la única persona adulta que conocemos a la que le gusta jugar. Saca a pasear a su perro Bobo y se ríe sola, esa Ruthie. No necesita a nadie con quien reírse, lo hace sola.

Es la hija de Edna, la mujer que es dueña del enorme edificio de al lado, tres apartamentos al frente y tres atrás. Cada semana Edna le grita a alguien, y cada semana alguien tiene que mudarse. Una vez corrió a una mujer embarazada nomás porque tenía un pato... y era un pato bien lindo. Pero Ruthie vive aquí y Edna no puede correrla porque Ruthie es su hija.

Ruthie llegó un día, al parecer de la nada. Ángel Vargas estaba tratando de enseñarnos a chiflar. Entonces oímos que alguien chiflaba —igual de bonito que el ruiseñor del emperador— y cuando volteamos a ver ahí estaba Ruthie.

A veces vamos de compras y la llevamos con nosotras, aunque ella nunca entra a las tiendas, y si lo hace se queda mirando a su alrededor como un animal salvaje que entra a una casa por primera vez.

Le gustan los dulces. Cuando vamos a la tienda del señor Benny nos da dinero para que le compremos uno. Nos pide que nos aseguremos que sean de los suaves porque le duelen los dientes. Entonces promete que irá al dentista la próxima semana, pero la semana llega y ella no va.

Ruthie ve cosas encantadoras por todas partes. Puedo estarle contando un chiste y ella me interrumpe y dice: La luna está hermosa como un globo. O alguien puede estar cantando y ella señala unas nubes: Mira, Marlon Brando. O una esfinge que guiña el ojo. O mi zapato izquierdo.

Una vez llegaron unos amigos de Edna y le preguntaron a Ruthie si quería ir a jugar bingo con ellos. El motor del coche estaba encendido y Ruthie se paró en las escaleras dudando si ir o no ir. ¿Debería ir, ma?, le preguntó a la sombra gris detrás de la tela mosquitera del segundo piso. Me da igual, dice la tela mosquitera, ve si quieres. Ruthie miró el piso. ¿Qué dices tú, ma? Haz lo que quieras, yo qué sé. Ruthie siguió mirando el piso. El coche con el motor encendido esperó quince minutos y luego se fue. Cuando esa noche sacamos la baraja, dejamos que Ruthie las repartiera.

Había muchísimas cosas que Ruthie hubiera podido ser de haberlo querido. No solo chifla muy bien, sino que también puede cantar y bailar. Cuando era joven tenía montones de ofertas de trabajo, pero nunca las aceptó. En vez de eso se casó y se mudó lejos, a una linda casa a las afueras de la ciudad. Lo único que no entiendo es qué hace Ruthie viviendo en Mango Street si no tiene necesidad de ello, por qué duerme en el sofá de su madre cuando tiene una casa de verdad toda propia, pero ella dice que solo está de visita y que el próximo fin de semana su marido la llevará a casa. Pero los fines de semana llegan y se van y Ruthie se queda. No importa. Nos da gusto porque es amiga nuestra.

Me gusta enseñarle a Ruthie los libros que pido prestados de la biblioteca. Los libros son maravillosos, dice Ruthie, y luego les pasa la mano por encima como si pudiera leerlos en braille. Son maravillosos, maravillosos, pero yo ya no puedo leer nada. Me da dolor de cabeza. Necesito ir al oculista la próxima semana. Antes yo escribía libros para niños, ¿ya te lo dije?

Un día me aprendí de memoria "La morsa y el carpintero" completita, porque quería que Ruthie me oyera. "Brillaba el sol sobre la mar, con el fulgor implacable de sus rayos...". Ruthie alzó la vista al cielo y por ratos se le humedecían los ojos. Finalmente llegué a los últimos versos: "Pero nadie respondía... y esto sí que no tenía nada de extraño, pues se las habían zampado todas". Estuvo un largo rato mirándome antes de abrir la boca para decir: Tienes los dientes más lindos que jamás haya visto, y se metió a su casa.

El Duque
de Tennessee

Earl vive en la puerta de al lado, en el sótano de Edna, detrás de las jardineras que Edna pinta de verde cada año, detrás de los geranios polvorientos. Solíamos sentarnos en las jardineras hasta el día en que Tito vio una cucaracha con una mancha de pintura verde en la cabeza. Ahora nos sentamos en las escaleras que doblan hacia el apartamento del sótano donde vive Earl.

Earl trabaja de noche. Sus persianas siempre están cerradas durante el día. A veces sale y nos pide que nos callemos. La puertecita de madera que mantiene bloqueada la oscuridad tanto tiempo se abre con un suspiro y deja escapar una bocanada de moho y humedad, como de libros abandonados bajo la lluvia. Este es el único momento en que vemos a Earl, además de cuando va y viene del trabajo. Tiene dos perritos negros que lo acompañan a todas partes. No caminan como perros normales, sino que saltan y dan volteretas como un apóstrofe y una coma.

De noche Nenny y yo oímos cuando Earl regresa del trabajo. Primero el chasquido y el chirrido de la puerta del coche al abrirse, luego el roce contra el concreto, el emocionado campanilleo de las placas de los collares de los perros, seguido del fuerte tintineo de las llaves, y finalmente el gemido de la puerta de madera al abrirse y soltar su suspiro de humedad.

Earl es reparador de rocolas. Dice que aprendió su oficio en el sur. Habla con acento sureño, fuma puros gordos y usa sombrero de fieltro —en invierno y en verano, cuando hace calor o frío, no importa— un sombrero de fieltro. En su apartamento hay cajas y cajas de discos de 45, mohosos y húmedos como todo lo que sale de su casa cada vez que abre la puerta. Nos regala los discos a nosotros, todos excepto los de *country* y *western*.

Dicen que Earl está casado y tiene una esposa en algún sitio. Edna dice que una vez la vio cuando Earl la llevó al apartamento. Mamá dice que es flaquita, rubia y pálida como las salamandras que nunca han visto la luz del sol. Pero yo también la vi una vez, y no es así para nada. Y los niños de enfrente dicen que la esposa es una pelirroja muy alta que viste pantalones rosas apretados y lentes verdes. Nunca nos ponemos de acuerdo en su apariencia, pero sí sabemos esto: Cada vez que llega, Earl la sujeta muy fuerte del codo y la conduce muy rápido al interior del apartamento. Cierran la puerta con llave y nunca se quedan mucho tiempo.

Sire

No recuerdo cómo noté que él me miraba: Sire. Pero sabía que me miraba. Todo el tiempo. Cada vez que pasaba frente a su casa. Él y sus amigos sentados en sus bicicletas frente a su casa, jugando a la rayuela con centavos. No me asustaban. O sí, pero no iba a dejar que se dieran cuenta. No cruzaba la calle como las demás muchachas. La cabeza derechita, los ojos al frente. Pasaba junto a ellos. Sabía que él me miraba. Yo tenía que demostrarme a mí misma que no me daban miedo los ojos de nadie, ni siquiera los suyos. Tenía que voltear hacia atrás y mirarlo con firmeza, una sola vez, como si fuera de vidrio. Y lo hice. Lo hice una sola vez. Pero me demoré demasiado mirándolo cuando pasó en su bicicleta. Lo miré porque quería ser valiente, directo a sus ojos del color del pelo polvoriento de un gato, y la bicicleta se detuvo y él chocó contra un coche estacionado, chocó y yo me alejé rápido. Se te hiela la sangre cuando alguien te mira así. Alguien me miró. Alguien miró. Pero su tipo, sus modos. Es un pandillero, dice Papá, y Mamá dice que no hable con él.

Y luego llegó su novia, le oí llamarla Lois. Es pequeñita y bonita y huele a piel de bebé. A veces la veo correr a la tienda en su lugar. Y una vez, cuando ella estaba parada junto a mí en la tienda del señor Benny, descalza, vi que llevaba las uñitas de sus pies desnudos pintadas de color rosa pálido, como conchitas diminutas, y ella huele a color rosa, como los bebés. Tiene manos de muchacha grande, y sus huesos son largos como huesos de dama, y también se pone maquillaje. Pero no sabe cómo amarrarse los zapatos. Yo sí.

A veces los oigo riendo hasta tarde, latas de cerveza y gatos y los árboles susurrando entre ellos: espera, espera, espera. Sire deja que Lois monte su bicicleta por la cuadra, o dan paseos juntos. Yo los miro. Ella lo toma de la mano, y él a veces se detiene para atarle los zapatos. Pero Mamá dice que esa clase de muchachas, esas muchachas son las que se van a los callejones. Lois que no puede amarrarse los zapatos. ¿A dónde la lleva?

Todo dentro de mí contiene el aliento. Todo está a punto de explotar como Navidad. Quiero ser toda nueva y brillante. Quiero ser mala y sentarme afuera en la oscuridad con un muchacho alrededor de mi cuello y el viento bajo mi falda. No así, hablando con los árboles, todas las noches, asomada por la ventana, imaginando lo que no puedo ver.

Un muchacho me abrazó muy fuerte una vez, lo juro. Sentía la fuerza y el peso de sus brazos, pero fue un sueño.

Sire. ¿Cómo la abrazabas? ¿Fue? ¿Así? ¿Y cuando la besaste, así?

Cuatro árboles
flaquitos

Son los únicos que me entienden. Soy la única que los
entiende a ellos. Cuatro árboles flaquitos, de cuellos flaquitos y codos puntiagudos, como los míos. Cuatro que no
pertenecen a este lugar, pero aquí están. Cuatro excusas
greñudas plantadas por la ciudad. Desde nuestro cuarto
podemos oírlos, pero Nenny solo duerme y no aprecia
estas cosas.

Su fuerza es su secreto. Lanzan raíces furiosas bajo la
tierra. Crecen para arriba y crecen para abajo y agarran la
tierra con sus pies peludos y muerden el cielo con dientes
violentos y nunca olvidan su rabia. Así es como se animan.

Si uno de ellos llegara a olvidar su razón de ser, los cuatro se desmayarían como tulipanes en un vaso, cada uno con sus brazos alrededor del otro. Ánimo, ánimo, ánimo, dicen los árboles cuando duermo. Me enseñan.

Cuando estoy demasiado triste o demasiado flaca para animarme a animarme, cuando soy una cosita insignificante contra tantos ladrillos, es entonces cuando miro a los árboles. Cuando ya no queda otra cosa que mirar en esta calle. Cuatro árboles que siguen creciendo a pesar del concreto. Cuatro que aspiran y no olvidan aspirar. Cuatro cuya única razón es ser y ser.

No speak English

Mamacita es la mujer inmensa del señor de enfrente, tercer piso dando a la calle. Rachel dice que su nombre debería ser *Mamasota*, pero yo creo que es cruel.

El hombre ahorró dinero para traerla aquí. Ahorró y ahorró porque ella estaba sola con el nene niño en aquel país. Él tenía dos trabajos. Volvía a casa muy tarde y se iba muy temprano. A diario.

Entonces un día, Mamacita y el nene niño llegaron en un taxi amarillo. La puerta del taxi se abrió como el brazo de un mesero. Del interior salió un zapatito color de rosa, un pie suave como la oreja de un conejo, luego el tobillo grueso, un aleteo de caderas, rosas fucsia y perfume verde. El hombre tuvo que tirar de ella y el taxista tuvo que empujar. Empuja, tira. Empuja, tira. ¡Puf!

De repente floreció. Inmensa, enorme, hermosa a la vista, desde la pluma de color rosa salmón en la punta de su sombrero hasta los pequeños capullitos de rosa de los dedos de sus pies. Yo no podía dejar de mirar sus diminutos zapatos.

Subió, subió, subió con el nene niño envuelto en una cobija azul, el hombre cargándole las maletas, sus sombrereras color lavanda, una docena de zapatillas de satén. Y luego ya no la vimos.

Alguien dijo que porque era muy gorda, alguien que porque los tres pisos de escaleras, pero yo creo que no sale porque le da miedo hablar inglés, y tal vez es porque nomás conoce ocho palabras. Sabe decir *He not here*, cuando viene el casero; *No speak English*, si alguien más llega, y *Holy smokes*. No sé cómo aprendió a decir eso, pero una vez la oí y me sorprendió.

Mi padre dice que cuando llegó a este país comió *jamandegs* durante tres meses. Para el desayuno, la comida y la cena. *Jamandegs*. Era lo único que sabía decir. Ahora ya no come *jamandegs* nunca.

Sean cuales sean sus razones, si porque es gorda o no puede subir las escaleras, o le da miedo el inglés, nunca baja. Todo el día se sienta junto a la ventana y sintoniza la radio en el programa en español y canta todas las canciones nostálgicas de su país con una voz que suena a gaviota.

El hogar. El hogar. El hogar es una casa en una fotografía, una casa rosa, rosa como las malvas, con montones de luz aturdida. El hombre pinta de rosa las paredes del apartamento, pero ya sabes, no es lo mismo. Ella todavía suspira por su casita rosa, y entonces, creo, se pone a llorar. Yo lo haría.

A veces el hombre se harta. Se pone a gritar y se le oye hasta el otro lado de la calle.

Ay, dice ella, está triste.

Oh, dice él, *Not again.*

¿Cuándo, cuándo, cuándo?, pregunta ella.

¡Ay, caray! Ya estamos en casa. *This is home.* Aquí estoy *and here I stay. Speak english, speak english.* ¡Por Dios!

¡Ay! Mamacita, que no pertenece, de vez en cuando suelta un chillido, histérico, agudo, como si hubiera arrancado el hilo flaquito que la mantiene viva, el único camino hacia ese país.

Y entonces, para romperle el corazón por siempre, el nene niño, que ya empezó a hablar, se pone a cantar el comercial de Pepsi que escuchó en la tele.

No speak English, le dice ella al nene niño que canta en ese idioma que suena a hojalata. *No speak English, no speak English,* y borbotea en lágrimas. No, no, no, como si no pudiera creer lo que oye.

Rafaela
que los martes
toma jugo
de coco y papaya

Los martes, el marido de Rafaela regresa tarde porque es la noche en que juega dominó. Y entonces Rafaela, que aún es joven pero que está envejeciendo de tanto asomarse por la ventana, se queda encerrada porque su esposo tiene miedo de que Rafaela se escape porque es demasiado linda de contemplar.

Rafaela se asoma por la ventana y se apoya en un codo y sueña que su cabello es como el de Rapunzel. En la esquina se oye la música de un bar, y Rafaela quisiera ir allá para bailar antes de volverse vieja.

Pasa mucho tiempo y se nos olvida que Rafaela está ahí, mirando, hasta que nos dice: Niños, ¿me compran algo en la tienda? Les doy un dólar. Avienta un billete arrugado y siempre pide jugo de coco o a veces de papaya, y se lo enviamos en una bolsa de papel que ella descuelga con una cuerda de tender ropa.

Rafaela que bebe y bebe jugo de coco y de papaya los martes y quisiera que hubieran bebidas más dulces, no amargas como este cuarto vacío, sino dulces dulces como la isla, como el salón de baile calle abajo donde mujeres mayores que ella lanzan ojos verdes con facilidad, así como quien juega a los dados, y abren sus casas con llaves. Y siempre hay alguien ofreciendo bebidas más dulces, alguien que promete mantenerlas atadas con un hilo de plata.

Sally

Sally es la chica con ojos como Egipto y medias del color del humo. Los muchachos de la escuela piensan que es hermosa porque su pelo es negro brillante como plumas de cuervo y cuando ríe se lo echa hacia atrás, como un chal de satín sobre sus hombros, y se ríe.

Su padre dice que ser tan hermosa es una bronca. Son muy estrictos en su religión. No les permiten bailar. Recuerda a sus hermanas y se entristece. Entonces no la deja salir. A Sally, quiero decir.

Sally, ¿quién te enseñó a pintarte los ojos como Cleopatra? Y si enrollo el pincelito con la lengua y lo muerdo hasta que queda en punta y lo meto en la pasta lodosa, la de la cajita rosa, ¿me enseñarías a hacerlo?

Me gusta tu abrigo negro con esos zapatos que llevas, ¿dónde los conseguiste? Mi madre dice que vestir de negro tan joven es peligroso, pero quiero comprarme unos zapatos como los tuyos, como los negros de gamuza, iguales a esos. Y un día, cuando mi madre esté de buenas, a lo mejor después de mi próximo cumpleaños, le pediré que me compre medias también.

Cheryl, que ya no es tu amiga, desde el último jueves de Pascua, desde el día en que le sangraste la oreja, desde que ella te llamó de esa forma y de una mordida te hizo un hoyo en el brazo, y parecía que ibas a llorar y todos estaban esperando, pero tú no lloraste, no lloraste, Sally, desde entonces ya no tienes una mejor amiga con quien recargarte en la reja del patio de la escuela, con quien taparse las bocas con las manos y reírse de las cosas que dicen los muchachos. Ya no hay nadie que te preste su cepillo.

Las historias que los muchachos cuentan en los vestidores no son ciertas. Te recargas sola en la reja del patio de la escuela, con los ojos cerrados como si nadie te viera, como si nadie pudiera verte ahí parada, Sally. ¿En qué piensas cuando cierras los ojos así? ¿Y por qué siempre te vas de la escuela derecho a casa? Te conviertes en una Sally diferente. Te acomodas la falda a tirones, te borras la pintura azul de los párpados. No te ríes, Sally, te miras los pies y caminas rápido hacia la casa de la que no puedes salir.

Sally, ¿no deseas a veces no tener que regresar a casa? ¿No deseas que un día tus pies siguieran caminando y te llevaran muy lejos de Mango Street, muy lejos, y tal vez los pies se detengan frente a una casa, una casa linda con flores y grandes ventanas y escalones para que los subas de dos en dos hasta llegar arriba donde te espera una habitación? Y si giraras la manijita de la ventana y le dieras un empujón, las ventanas se abrirían de par en par, y todo el cielo entraría. No habría vecinos chismosos mirando, ni motocicletas ni coches, ni sábanas ni toallas ni ropa sucia que lavar. Solo árboles y más árboles y bastante cielo azul. Y podrías reír, Sally. Podrías irte a dormir y despertar sin tener que pensar en quién te quiere y quién no. Podrías cerrar los ojos y no tendrías que preocuparte de lo que la gente dijera porque tú nunca perteneciste a este lugar de todas formas y nadie podría ponerte triste y nadie pensaría que eres rara porque te gusta soñar y soñar. Y nadie podría gritarte si te vieran afuera en lo oscuro, recargada en un coche, recargada en alguien sin que pensaran que eres mala, sin que dijeran que estaba mal, sin que el mundo entero estuviera esperando que cometieras un error cuando todo lo que querías, Sally, todo lo que querías era amar y amar y amar y amar, y nadie podría llamarlo una locura.

Minerva
escribe poemas

Minerva es apenas un poco mayor que yo, pero ya tiene dos hijos y un marido que se fue. Su madre crio sola a sus hijos y parece que sus hijas seguirán el mismo camino. Minerva llora porque su suerte es mala suerte. Todas las noches y todos los días. Y reza. Pero cuando los niños duermen después de que ella les ha servido *hot cakes* de cenar, Minerva escribe poemas en pedacitos de papel que dobla y dobla y que sostiene entre sus manos por mucho tiempo, pedacitos de papel que huelen a monedas de plata.

Me deja leer sus poemas. Yo le dejo leer los míos. Ella siempre está triste, como una casa en llamas: siempre hay algo que está mal. Tiene muchos problemas, pero el principal es que su esposo se fue y que sigue yéndose.

Un día ella se cansa y le dice que ya basta. Y allá va él de patitas a la calle. Ropa, discos, zapatos. Fuera por la ventana y la puerta cerrada con llave. Pero esa noche él vuelve y arroja una piedrota por la ventana. Pero después se disculpa y ella le abre la puerta de nuevo. La misma historia.

A la siguiente semana ella llega toda moreteada y pregunta qué puede hacer. Minerva. Yo no sé qué camino tomará. No hay nada que *yo* pueda hacer.

Vagabundos
en el ático

Quiero una casa en una colina, como las casas con jardín
en donde Papá trabaja. Los domingos, cuando Papá des-
cansa, vamos. Yo solía ir, pero ya no. No te gusta salir con
nosotros, dice Papá. ¿Te estás haciendo muy mayor? Se
está volviendo demasiado presumida, dice Nenny. No les
digo que me da vergüenza: todos nosotros ahí, mirando
por la ventanilla como los hambrientos. Ya me cansé de
ver lo que no podemos tener. Cuando nos ganemos la lotería..., empieza Mamá, y yo dejo de escucharla.

   La gente que vive en las colinas duerme tan cerca
de las estrellas que olvida a las personas que vivimos más
cerca de la tierra. No bajan la mirada sino para sentirse

contentos de vivir en las colinas. No tienen que lidiar con la basura de la semana pasada o con el miedo a las ratas. La noche cae. Solo el viento los despierta.

Un día voy a tener mi propia casa, pero no olvidaré quién soy ni de dónde vengo. Los vagabundos que pasen preguntarán: ¿Puedo entrar? Y yo les ofreceré el ático, les pediré que se queden, porque yo sé lo que es no tener una casa.

Algunos días, después de la cena, mis invitados y yo nos sentaremos frente a la chimenea. Las duelas del piso de arriba rechinarán. El ático gruñirá.

¿Ratas?, me preguntarán.

Vagabundos, diré yo, y seré feliz.

Hermosa y cruel

Soy una hija fea. Soy la que nadie viene a buscar.

Nenny dice que ella no piensa esperar toda la vida a que venga a llevársela un marido, que la hermana de Minerva se fue de casa de su madre porque iba a tener un bebé, pero Nenny tampoco se quiere ir así. Quiere tener cosas suyas, poder elegir y escoger. Nenny tiene ojos bonitos y es fácil decir esas cosas cuando eres bonita.

Mi madre dice que cuando sea mayor mi pelo polvoriento se aplacará y mi blusa aprenderá a mantenerse limpia, pero he decidido no crecer mansita como las demás, esperando con las manos extendidas a que les pongan los grilletes.

En las películas siempre hay una mujer de labios rojos que es hermosa y cruel. Es la que vuelve locos a los hombres y los despacha entre risas. Su poder es suyo. Jamás lo entregará.

He comenzado mi propia guerra silenciosa. Sencilla. Segura. Soy la que se levanta de la mesa como los hombres, sin poner la silla en su lugar ni recoger el plato.

Chica lista

Yo pude haber sido alguien, ¿sabes?, dice mi madre, y suspira. Ha vivido toda su vida en esta ciudad. Sabe hablar dos idiomas. Puede cantar una ópera. Sabe cómo arreglar un televisor. Pero no sabe qué tren subterráneo hay que tomar para ir al centro. La tomo muy fuerte de la mano mientras esperamos la llegada del tren correcto.

Solía dibujar cuando tenía tiempo. Ahora dibuja con aguja e hilo, nuditos de botones de rosa, tulipanes de hilo de seda. Un día le gustaría ir al ballet. Un día le gustaría ver una obra de teatro. Pide discos de ópera en la biblioteca pública y canta con pulmones aterciopelados, poderosos como flores de campanilla.

Hoy, mientras cocina avena, es Madame Butterfly hasta que suspira y me apunta con la cuchara de madera. Yo pude haber sido alguien, ¿sabes? Esperanza, ve a la escuela. Estudia mucho. Esa Madame Butterfly era una tonta. Revuelve la avena. Mira a mis comadres. Se refiere a Izaura, cuyo marido la abandonó, y a Yolanda, cuyo marido está muerto. Tienes que cuidarte solita, dice, y sacude la cabeza.

Y luego, de la nada:

La vergüenza es una cosa muy fea, ¿sabes? No te deja levantarte. ¿Quieres saber por qué dejé la escuela? Porque no tenía ropa bonita. No tenía ropa, pero tenía cerebro.

Ajá, dice fastidiada, removiendo la avena de nuevo. Yo era una chica lista en ese entonces.

Lo que Sally dijo

Él nunca me pega fuerte. Dijo que su mamá le unta manteca en las partes donde le duele. Luego, en la escuela, dirá que se cayó. Que de ahí le vienen todos los moretones. Por eso su piel está llena de cicatrices.

Pero quién va a creerle. Una muchacha tan grande, una muchacha que llega con su cara bonita toda golpeada y amoratada no puede andarse cayendo de las escaleras. Él nunca me pega fuerte.

Pero Sally no cuenta de la vez que él le pegó con las manos como a un perro, dijo ella, como si yo fuera un animal. Él cree que voy a escaparme como sus hermanas que deshonraron a la familia. Solo porque soy una hija, y luego no dice nada.

Sally iba a pedir permiso para quedarse con nosotros un rato, y un jueves finalmente vino con un costal lleno de ropa y una bolsa de pan dulce que su mamá nos mandó. Y se hubiera quedado también, pero cuando se hizo de noche su padre, con los ojos chiquitos de tanto llorar, tocó a la puerta y dijo por favor, regresa, es la última vez. Y ella dijo Papito y regresó a casa.

Después ya no tuvimos que preocuparnos. Hasta el día en que el padre de Sally la sorprendió hablando con un muchacho y al día siguiente ella no viene a la escuela. Ni al siguiente. Hasta que, tal y como Sally lo cuenta, entre la hebilla y el cinturón su padre se volvió loco y olvidó que era su padre.

No eres mi hija, no eres mi hija. Y entonces se quebró.

El
jardín
del
mono

El mono ya no vive allí. El mono se mudó —a Kentucky— y se llevó a su gente con él. Y a mí me alegró porque ya no podía soportar más sus gritos salvajes en la noche, el guara guara gangoso de sus dueños. La jaula de metal verde, la cubierta de mesa de porcelana, la familia que hablaba como guitarras. Mono, familia, mesa. Todos desaparecieron.

Y fue entonces cuando nos apoderamos del jardín al que nos daba miedo entrar cuando el mono gritaba enseñando sus dientes amarillos.

Había girasoles tan grandes como flores marcianas, y gruesas flores de mano de león sangrando un rojo intenso de flecos de cortinas de teatro. Había abejas vertiginosas y moscas como moños haciendo cabriolas y zumbando en el aire. Árboles de duraznos dulces. Rosas espinosas y abrojos y peras. Hierbajos como una multitud de estrellitas de ojos entrecerrados y maleza que hacía que los tobillos te picaran y picaran hasta que los lavabas con agua y jabón. Había enormes manzanas verdes, duras como rodillas. Y por todos lados el adormecido olor de la madera podrida, de la tierra húmeda y de las polvorientas malvas, gordas y perfumadas como el pelo rubio azulado de los muertos.

Arañas amarillas salían corriendo cuando volteábamos las piedras, y pálidos gusanos, ciegos y temerosos de la luz, se daban la vuelta en sueños. Mete un palo en la tierra arenosa y aparecen unos cuantos escarabajos de caparazón azul, una avenida de hormigas y muchísimas catarinas crujientes. Este era un jardín, una cosa maravillosa de contemplar en la primavera. Pero poco a poco, después de que el mono se marchara, el jardín empezó a volverse en contra de sí mismo. Las flores dejaron de obedecer a los ladrillitos que les impedían crecer fuera de sus surcos. Las hierbas se mezclaron. Coches sin vida comenzaron a brotar de la noche a la mañana como hongos. Primero uno y luego otro y luego una camioneta azul pálido sin parabrisas. Antes de que te dieras cuenta, el jardín del mono se llenó de coches adormecidos.

Las cosas tenían un modo de desaparecer en el jardín, como si el propio jardín se las tragara, o como si con su memoria de viejito las guardara y luego olvidara dónde. Nenny encontró un dólar y un ratón muerto entre dos rocas en el muro de piedra donde las campanillas trepaban, y una vez, mientras jugábamos a las escondidas, Eddie Vargas posó su cabeza bajo un hibisco y se quedó dormido ahí como Rip Van Winkle hasta que alguien recordó que estaba en el juego y regresó a buscarlo.

Esto, supongo, era el motivo por el que íbamos allí. Lejos de donde nuestras madres pudieran encontrarnos. Nosotros y unos cuantos perros viejos que vivían en los coches abandonados. Una vez hicimos una casa-club en la batea de aquella camioneta azul. Y además, nos gustaba saltar del techo de un coche al otro y pretender que eran hongos gigantes.

Alguien soltó la mentira de que el jardín del mono ya estaba ahí antes que todo. Nos gustaba pensar que el jardín podía esconder cosas por mil años. Allí, debajo de las raíces de las flores empapadas estaban los huesos de piratas asesinados y de dinosaurios, el ojo de un unicornio convertido en carbón.

Ahí era donde yo quise morir, y donde un día lo intenté, pero ni siquiera el jardín del mono me quiso. Sucedió el último día que fui.

¿Quién dijo que yo ya estaba demasiado grande para esos juegos? ¿Quién fue a quien no quise escuchar? Solo recuerdo que cuando los otros corrían yo también quería correr, de arriba a abajo y a través del jardín del mono, rápido como los muchachos, no como Sally que gritaba cuando las medias se le ensuciaban de lodo.

Le dije: Ándale, Sally, pero ella no quiso. Se quedó en la banqueta, hablando con Tito y sus amigos. Ve a jugar con los niños si quieres, me dijo, yo me quedo aquí. Podía ser bien alzada cuando quería, así que me fui.

Fue culpa suya, la verdad. Cuando volví Sally se hacía la enojada... algo de que los muchachos le habían robado sus llaves. Por favor, devuélvanmelas, decía, golpeando con un puño suave al que tenía más cerca. Los muchachos se reían. Ella también. Era una broma que yo no entendía.

Quise regresar con los otros niños que aún saltaban sobre los coches, que aún se perseguían unos a otros por el jardín, pero Sally tenía su propio juego.

Uno de los muchachos inventó las reglas. Uno de los amigos de Tito dijo: No vamos a devolverte las llaves hasta que nos des un beso, y Sally primero fingió enojarse, pero luego dijo que sí. Era así de sencillo.

No sé por qué, pero algo dentro de mí quería lanzarles un palo. Algo quería decirles que no cuando vi a Sally entrar al jardín con los cuates de Tito, todos sonrientes. Un beso a cada uno. ¿Y qué?, dijo ella.

¿Pero por qué me sentí tan enojada por dentro? Como si algo no estuviera bien. Sally se fue detrás de aquella vieja camioneta azul para besar a los chicos y que le devolvieran sus llaves, y yo subí corriendo los tres pisos de escaleras hasta donde Tito vivía. Su madre estaba planchando camisas. Las rociaba con agua de una botella de refresco y fumaba.

Su hijo y sus amigos le robaron las llaves a Sally y no se las quieren devolver si ella no los besa a todos y ahorita están obligándola a que los bese, le dije, sin aliento por los tres pisos de escaleras.

Esos chamacos, dijo, sin alzar la vista del planchado.

¿Eso es todo?

¿Y qué quieres que yo haga?, dijo. ¿Que llame a la policía?

Y siguió planchando.

Me le quedé viendo un largo rato, pero no se me ocurrió qué decirle y bajé corriendo los tres pisos hasta el jardín donde había que salvar a Sally. Agarré tres palos y un ladrillo y pensé que con eso bastaría.

Pero cuando llegué, Sally dijo: Vete a casa. Los muchachos dijeron: Déjanos en paz. Me sentí tonta con mi ladrillo. Todos me miraban como si *yo* fuera la loca y me hicieron sentir avergonzada.

Y entonces no sé por qué, pero tuve que huir. Traté de esconderme en el otro extremo del jardín, en la parte salvaje, bajo un árbol al que no le importaría que yo me tendiera debajo y llorara mucho rato. Cerré los ojos como estrellas apretadas para no llorar, pero terminé haciéndolo. Mi cara se sentía caliente. Todo dentro de mí hipaba.

En alguna parte leí que en la India hay sacerdotes que pueden detener los latidos de sus corazones a voluntad. Yo quería detener el flujo de mi sangre, que mi corazón dejara de bombear. Quería estar muerta, volverme lluvia, que mis ojos se derritieran en la tierra como dos caracoles negros. Deseé y deseé. Cerré mis ojos y lo quise, pero cuando me levanté mi vestido estaba verde y me dolía la cabeza.

Miré mis pies dentro de sus calcetines blancos y los feos zapatos de puntas redondas. Parecían estar muy lejos. Parecía que ya no eran mis pies. Y el jardín que había sido un gran lugar para jugar tampoco parecía ser mío.

Payasos rojos

Sally, me mentiste. No fue como dijiste, para nada. Lo que hizo. Dónde me tocó. Yo no quería, Sally. La manera en que lo dijeron, la manera en que se supone que debe ser, todos los libros de cuentos y las películas, ¿por qué me mintieron?

Estaba esperando junto a los payasos rojos. Estaba parada junto al juego de las tazas locas como dijiste. Y además a mí ni me gustan las ferias. Fui para estar contigo, porque te ríes en las tazas locas, echas la cabeza hacia atrás y te ríes. Yo te guardo el cambio, te saludo con las manos, cuento las veces que pasas. Esos muchachos que te miran porque eres bonita. Me gusta estar contigo,

Sally. Eres mi amiga. Pero ese muchacho grande, ¿a dónde te llevó? Esperé tanto tiempo. Esperé al lado de los payasos rojos, como me dijiste, pero nunca volviste, nunca volviste por mí.

Sally, Sally, cien veces. ¿Por qué no oíste cuando te llamé? ¿Por qué no les dijiste que me dejaran en paz? El que me agarró del brazo no me soltaba. Me dijo: *I love you, Spanish girl, I love you*, y apretó su boca agria contra la mía.

Páralo, Sally. No pude hacer que se largaran. No pude hacer nada más que llorar. No me acuerdo. Estaba oscuro. No me acuerdo. No me acuerdo. Por favor no me hagas contarlo todo.

¿Por qué me dejaste sola? Esperé toda la vida. Eres una mentirosa. Todos me mintieron. Todos los libros y las revistas, todos lo contaron mal. Solo sus uñas mugrosas sobre mi piel, solo su olor agrio otra vez. La luna mirando. Las tazas locas. Los payasos rojos riéndose con sus risas de lenguas gruesas.

Luego los colores comenzaron a girar. El cielo se inclinó. Sus negros tenis huyeron. Sally, me mentiste, me mentiste. No me soltaba. Me dijo *I love you, I love you, Spanish girl*.

Rosas
de linóleo

Sally se casó como todos sabíamos que lo haría, demasiado joven y sin estar preparada, pero casada a pesar de todo. Conoció a un vendedor de malvaviscos en un bazar de la escuela, y se casó con él en otro estado donde sí es legal casarse antes del octavo grado. Tiene ahora su esposo y su casa, sus fundas para almohada y su vajilla. Dice que está enamorada, pero yo creo que lo hizo para escaparse.

Sally dice que le gusta estar casada porque ahora puede comprar sus propias cosas cuando su esposo le da dinero. Es feliz, aunque a veces su esposo se enfurece y una vez rompió la puerta por donde la atravesó con el pie, pero la mayor parte del tiempo se porta bien. Aunque no la deja hablar por teléfono. Y no la deja asomarse por la ventana. Y no le caen bien sus amigos, por eso nadie va a visitarla más que cuando él está trabajando.

Se queda en casa porque tiene miedo de salir sin su permiso. Contempla todas las cosas que tienen: las toallas y la tostadora, el reloj despertador y las cortinas. Le gusta mirar las paredes, lo pulcras que lucen las esquinas, las rosas de linóleo del piso, el techo liso como un pastel de bodas.

Las tres hermanas

Vinieron como el viento que sopla en agosto, delgado como tela de araña, sin que apenas las notaran. Tres que no parecían ser parientes de nadie más que de la luna. Una con risa como de hojalata y otra con ojos de gato y otra con manos como porcelana. Las tías, las tres hermanas, las comadres, decían.

La bebé murió. La hermana de Lucy y Rachel. Una noche un perro aulló, y al día siguiente un pájaro amarillo entró volando por la ventana abierta. Antes de que la semana terminara, la fiebre de la bebé empeoró. Luego llegó Jesús y se llevó a la bebé muy lejos. Eso fue lo que dijo su madre.

Luego llegaron las visitas... entraban y salían de la casita. Era difícil mantener limpios los pisos. Todos los que alguna vez se habían preguntado de qué color eran las paredes de la casa vinieron a mirar a ese pulgarcito de ser humano en una caja como de dulce.

Yo nunca había visto a un muerto, no de verdad, no en la sala de alguien para que la gente se besara y se bendijera y encendiera velas. No en una casa. Parecía extraño.

Debieron haberlo sabido, las hermanas. Tenían el poder y podían sentir lo que ocurría. Dijeron: Ven aquí, y me regalaron un chicle. Olían a *kleenex* o al interior de una bolsa de satén, y entonces ya no sentí miedo.

¿Cómo te llamas?, preguntó la de ojos de gato.

Esperanza, respondí.

Esperanza, repitió la vieja de las venas azules, en voz alta. Esperanza... Un buen nombre, un buen nombre.

Me duelen las rodillas, se quejó la de la risa chistosa.

Mañana va a llover.

Sí, mañana, dijeron.

¿Cómo lo saben?, pregunté.

Lo sabemos.

Miren sus manos, dijo ojos de gato.

Y me las voltearon una y otra vez, como si estuvieran buscando algo.

Ella es especial.

Sí, llegará muy lejos.

Sí, sí, mmm.

Pide un deseo.

¿Un deseo?

Sí, pide un deseo. ¿Qué quieres?

¿Lo que sea?, pregunté.

Claro, ¿por qué no?

Cerré los ojos.

¿Ya pediste el deseo?

Sí, dije.

Bueno, pues ya está. Se te va a conceder.

¿Cómo lo saben?, pregunté.

Lo sabemos, lo sabemos.

Esperanza. La de las manos de mármol me llamó aparte. Esperanza. Tomó mi rostro entre sus manos de venas azules y me miró y me miró. Un largo silencio. Cuando te vayas siempre debes acordarte de volver, dijo.

¿Qué?

Cuando te vayas siempre debes acordarte de volver por los demás. Un círculo, ¿comprendes? Siempre serás Esperanza. Siempre serás Mango Street. No puedes borrar lo que sabes. No puedes olvidar quién eres.

Entonces no supe qué decir. Era como si ella pudiera leer mi mente, como si supiera cuál había sido mi deseo, y me sentí avergonzada por haber deseado algo tan egoísta.

Debes acordarte de regresar. Por los que no pueden irse tan fácil como tú. ¿Te acordarás? Lo preguntó como si me lo estuviera ordenando. Sí, sí, dije yo, un poco confundida.

Qué bueno, dijo ella, frotando mis manos. Qué bueno. Eso es todo. Puedes irte.

Me levanté para alcanzar a Lucy y a Rachel que ya estaban afuera esperándome junto a la puerta, preguntándose qué hacía yo hablando con las tres viejitas que olían a canela. No entendía todo lo que me dijeron. Me di la vuelta. Las tres sonrieron y se despidieron de mí con sus manos de humo.

Después ya no volví a verlas. Ni una vez, ni dos, ni nunca más.

Alicia y yo hablamos en las escaleras de Edna

Me cae bien Alicia porque una vez me regaló una pequeña bolsa de cuero con la palabra GUADALAJARA bordada encima, que para Alicia significa hogar, al que un día regresará. Pero hoy está escuchando mi tristeza porque yo no tengo casa.

Vives ahí mero, en el 4006 de Mango Street, dice Alicia, y señala la casa de la que me avergüenzo.

No, esa no es mi casa, le digo y sacudo la cabeza como si sacudiéndola pudiera borrar el año que he vivido aquí. No pertenezco aquí. No quiero nunca ser de aquí. Tú tienes un hogar, Alicia, y un día regresarás a él, a una ciudad que recuerdas, pero yo nunca he tenido una casa, ni siquiera una fotografía... solo la casa con la que sueño.

No, dice Alicia. Te guste o no, eres Mango Street, y un día regresarás también.

Yo no. No hasta que alguien la mejore.

¿Y quién lo hará? ¿El alcalde?

Y la idea del alcalde viniendo a Mango Street me hace soltar una carcajada.

¿Quién lo hará? El alcalde no.

Una casa propia

No un piso. No un apartamento al fondo. No la casa de un hombre. No la casa de un papacito. Una casa propia. Con mi porche y mi almohada, mis lindas petunias moradas. Mis libros y mis cuentos. Mis dos zapatos esperándome junto a la cama. Nadie a quien amenazar con un palo. Nada de basura que andarle recogiendo a nadie.

Tan solo una casa silenciosa como la nieve, un espacio mío al cual llegar, limpio como el papel antes del poema.

A veces
Mango se despide

Me gusta contar cuentos. Los cuento en mi cabeza. Los cuento después de que el cartero dice: Aquí está su correo. Aquí está su correo, dijo.

Invento una historia para mi vida, para cada paso que dan mis zapatos cafés. Y digo: "Y entonces subió penosamente los escalones de madera, sus tristes zapatos cafés la llevaban a la casa que nunca le gustó".

Me gusta contar cuentos. Les voy a contar un cuento sobre una chica que no quería pertenecer.

No siempre vivimos en Mango Street. Antes vivimos en el tercer piso de Loomis, y antes de eso vivimos en Keeler. Antes de Keeler fue en Paulina, pero lo que más recuerdo es Mango Street, la triste casa roja, la casa a la que pertenezco sin pertenecerle.

Lo escribo en una hoja de papel y entonces el fantasma no duele tanto. Lo escribo y entonces a veces Mango se despide. No me retiene entre sus brazos. Me suelta y me libera.

Un día empacaré mis bolsas de libros y papeles. Un día me despediré de Mango. Soy demasiado fuerte para que me retenga aquí para siempre. Un día me marcharé.

Los amigos y los vecinos dirán: ¿Qué pasó con esa Esperanza? ¿A dónde se fue con todos esos libros y papeles? ¿Por qué se marchó tan lejos?

No sabrán que me he ido para regresar. Por los que se quedaron. Por los que no.

También de
SANDRA CISNEROS
La autora bestseller de
La casa en Mango Street

Una carta olvidada desencadena un emotivo encuentro con el pasado en esta historia conmovedora y maravillosamente contada.

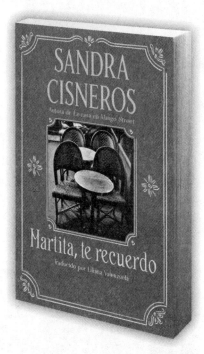

Una hermosa edición bilingüe